Hartmann   **De Unkel aus Amerika**

Ludwig Hartmann.

Ludwig Hartmann

De Unkel
aus Amerika

Eine heitere Pfälzer Erzählung

Pfälzer Klassiker-Bibliothek

Herausgegeben von Bärbel Arnheiter

Band 5
Bearbeitet und mit einem Nachwort
von Bruno Hain

Mit Illustrationen von Gustav Rossi (1898–1976)

Inhaltsverzeichnis

Entstehungsgeschichte

Es war 1922, und die Inflation stand in höchster Blüte mit ihren bösen Folgen: Not, Elend und Knappheit an allem. Um der kulturellen Verflachung, die immer eine Begleiterscheinung nach Katastrophen war, zu begegnen, rüsteten die Oberammergauer, ihre Passionsspiele zum erstenmal nach langer Zeit wieder aufzuführen, und alle Welt begrüßte diesen Entschluß. Hoffte man doch stark auf den Besuch des Auslandes, das durch seine kostbaren Devisen auf diese Art der Not steuern konnte.

Die „Pfälzische Rundschau" hatte damals eine wöchentliche Rubrik „Pälzer Art unn Sinn", deren besondere Pflege dem Besitzer der Zeitung, Herrn Geheimrat Dr. Wilhelm Waldkirch, sehr am Herzen lag. Er gab mir als Mitarbeiter eine Pressekarte zu den Passionsspielen und beauftragte mich, in „pälzisch" über den Besuch zu berichten. Da aber bei der großen Not nur wenige Pfälzer diese Reise nach Oberammergau unternehmen konnten, ließ ich den „Unkel aus Amerika" kommen, und dieser lieferte dann den Stoff zu dieser Erzählung, die später die Kritik als die lustigste meiner Arbeiten bezeichnete.

Sie begann im August 1922 in der „Pfälzischen Rundschau" mit je einem Kapitel in der Woche als Fortsetzung. Als vier Kapitel erschienen waren, bat mich Herr Geheimrat Dr. Waldkirch, möglichst lange daran zu schreiben, da die Leser sie mit außerordentlicher Freude aufnähmen. Durch den jeweiligen Schlußsatz „Fortsetzung folgt" gehorchte ich so einem wahren Zwang. Mittwochs mußte das Manuskript immer bei der Redaktion sein, und so fragten mich meine Kinder dienstags immer: „Vadder, wie geht's dann weiter?" Ich kratzte mich am Kopf und lachte dann: „Ich kanns eich nit sage ... , ich schreib's erscht heit owend."

So wuchs die Geschichte zu 13 Fortsetzungen und endete mit dem Jahre 1922.

Ludwig Hartmann

I. A(n)kunft in de Palz

Ihr liewe, liewe Leit, des war was, wie der Brief vum Unkel aus Amerika kumme isch!

„Lieber Philipp!" hot er gschriwwe. „Es drängt mich, meine alte Heimat und meine lieben Verwandten noch einmal zu sehen. Ich schiffe mich in acht Tagen ein und werde Dir von Hamburg aus telegraphieren, wann ich zu Euch komme. Auf ein gesundes Wiedersehen grüßt Dich und Deine liebe Familie recht herzlich

Dein alter Onkel und Pate

Philipp."

„Herrgott, henn mir Glick!" hot de Philp gekrische. „Mei' reicher Petter aus Amerika kummt! Ihr liewe Kinner, bassen uff, der stellt sich uff de Kopp unn loßt die Dollar aus'm Sack falle. Do kennen er's emol rapple heere!"

Unn er hot dapper in de Zeitung noochgeguckt, wie hoch de Dollar steht. 's war am 4. Auguscht 1922. Siwwehunnertfuchzig! „Juchhu!" hot er gekrische, so laut wie en Baureborsch, wu bei de Kerwe de Hammel rausdanzt.

Des war dann e Dorchenanner unn e Jeschtes in dere Wohnung! Der verwehnte Unkel muß doch e Stubb allee(n) kriege!

„Wie machen mer's dann do?" hot de Philp gfroogt.

„Loß mich nor mache!" hot die Bawett gsagt. „Ee(n) Bett kummt nuff in die Mansard for de Schorsch unn de Benedikel, unn for de Kaalche werd in e Eierkischt Holzwoll neigezottelt, do isch der aa unnergebrocht, dann hemmer e ganzi Stubb for de Unkel frei."

„Sei ruhig, Biewel!" hot de Babbe zu sei'm Kleenschte gsagt, wie er heile wollt wege de Eierkischt, „de Unkel werd der's schun heemzahle!"

Unn dann isch gewäsche unn gebutzt worre, wie wann de Grafdeiwel selwerscht sein Antrittsbsuch mache dhet. De Philp hot sei' ganz gspart Geld z'ammegekratzt. An alle Fenschtere sinn neie Vorhäng kumme, unn alle Mondure sinn uffgfrischt worre. For 'm Unkel sei Stubb henn se beim Schmoller en Debbich for fimfdausend Mark kaaft. „En je bessere Ei'druck er kriegt", hot de Philp gsagt, „je meh loßt er's laafe!"

Unn de Philp hot sich's nit nemme losse unn hot alle Böde selwerscht uff de Knie geberrscht unn mit Stahlspäh(n) geriwwe.

„De Dollar steht uff siwwehunnerdfuchzig, 's rentiert sich!" hot er als gelacht unn widder druff los gfummelt, daß 's Funke gewwe hot. Wann er awwer dann widder vor Miedigkeit sich emol uffgsetzt hot unn hot sich de Schweeß abgedrickelt, hot er gseifzt: „Herrgott, wann der des nit anerkenne dhet, do sollt'n doch 's Gewitter verschlache!" – – –

„Philp", hot die Bawett gemeent, „der Mann isch doch schun verzig Johr do iwwe, der kann sicher nimmi recht deitsch, do werd's was gewwe!"

„Ich kann e bissel Englisch", hot de Philp gsagt. „Du?" segt die Bawett unn schlägt die Händ iwwer'm Kopp z'amme. „A redd emol!"

„Ollreiht, Mixpickl, Wotterklosset!" hot de Philp a(n)gfange.

„Jesses, Philp, bisch du gscheidt!" hot die Bawett gekrische. „Ich merk schun, mir kummen nit in Verlegenheit!" – – –

Unn uff ee(n)mol isch e Delegramm kumme, am Sunndag'morge am zehne wär er do. Jetz dapper die Fressalie bei! Zeh' Pund Kalbsbroote unn e ganzer Schinke sinn beim Metzger gholt worre. Unn Kuche unn Schlangedaade in alle Fassone sinn gebacke worre. Zwanzig Flasche Eenezwanziger hot de Philp beim Wei'händler Minges ei'ghannelt.

„Wart, Alti", hot er gsagt. „Dem missen die Aage iwwerlaafe!"

Unn endlich, endlich isch er do gstanne, de Unkel aus Amerika! Des war e Gschmatz unn e Gedrick! Dann acht Kinner unn drei Schwiegersöhn wollen abgfertigt sei'.

Unn was hot der Unkel unner seine goldene Brill Aage gemacht, wie er beim Middagesse die schee(n) voll Doofel gsehne hot!

„Philipp", hot er als gsagt, „was bin ich froh, daß du in so gute Verhältnisse bist!" Unn er hot gesse unn getrunke mit beschtem Appetit unn hot als mit de Serviett sein blodde Schnorres abgebutzt unn hot „werry well!" gsagt.

„Alti, schleef rei', was 's Zeig halt", hot de Philp seiner Fraa zugeduschelt. „'s schmackt'm, werrscht sehne, glei' stellt er sich uff de Kopp!"

Awwer er hot sich nit uff de Kopp gstellt! Dann wie's fertig war, hot er e Nuckerle mache wolle in seim gemütliche Stübbche.

Unn wie er widder ausgschloofe ghatt hot, hot er gsagt, er wollt morge schun widder weiterfahre.

„Ach Gott, Unkel", hot de Philp gsagt, „wuhi' dann? Du bischt jo erscht kumme! Mir wollen dich doch emol minneschtens acht Dag bei uns bhalte!"

„Später, später!" hot de Unkel gsagt. „Erst muß ich nach Münche unn dann nach Oberammergau, ich muß das Spiel sehe noch jetzt in de gute Jahreszeit!"

„Ach Gott, Unkel!" hot de Philp gsagt, „wann ich nor aa des Glick hätt! Ich hab jo in Münche gedient, Unkel, ich kennt der jo alles so schee(n) erkläre!"

Unn de Unkel hot die Stern gerunzelt unn die neischt Zeitung verlangt. Unn wie er gelese hot, daß de Dollar widder fuchzig Punkte in die Höh' gange isch, hot er e freindlich Gsicht gemacht unn hot „ollreiht!" gsagt.

„Philipp", hot er gsagt, „mach dich fertig, du kannst acht Dag mitfahre, auf meine Koste!"

Ihr liewe Leit, ihr liewe Leit, war des e Plässier! De Philp hot seinere Fraa en Schmatz gewwe unn hot ere ins Ohr gebischbert: „Sei ruhig, Alti, wann er sich aach nit uff de Kopp stellt, rentiere dhut sich's doch!"

II. In Münche

Die ganze Familje isch morgens am Zug gstanne, wie se losgegondelt sinn uff Münche. Zwetter Klaß, ihr liewe Leit, des isch noch nit dogewest! Die annre Reisende henn zwar e bissel dabbich geguckt, wie se em Philp sei alt Segelduchkufferdel, wu mit Schnur zammegebunne war, gsehne henn. Awwer wie se em Unkel sein große gehle Ledderkuffer gewahr worre sinn, wu Hodellzettel vun Chicago unn Neujork druffgebabbt waren, do henn se die Rolläde nuffgezoche! E Gewitter, der war echt!

„Babbe, hockscht aach weech?" hot de Kaalche gejuugst.

„Kumm, Biewel, derfscht aa mol rei'!"

Unn dann henn s'en rei'ghowe unn mol druff hubse losse, daß die Feddre gekracht henn.

„Heilig, Babbe, wie nowel, wie nowel!" Er hot nimmi rausgewollt.

„Raus jetz, Biewel, ich bring der aach ebbes Scheenes mit!"

Die Dheere sinn zugebatscht worre – adschee Bardie!

„Babbe, vergeß mich unn dei' acht Kinner nit!" hot die Bawett noch emool gegreint. Zwölf Sackdücher in alle Farwe unn Fassone henn uff'm Bahnsteig gewunke unn dann war's fertig. – – –

Uff alle Statione, wu's Werschtle unn Bier gewwe hot, hot de Philp de Kopp nausghenkt. Unn de Unkel hot ständig de Geldbeitel gezoche unn geleddert.

„Bis jetz geht's gut!" hot de Philp gedenkt unn gekaut, was nei'gange isch.

Um viere waren se endlich in Münche. Gegeniwwer vum Bahnhof, im Hodell „Deutscher Kaiser", sinn se abgstiche.

Do sinn die Spatzefräck gfloche, wie de Unkel's Maul uffgemacht hot! Ihr liewe Leit, so en fremder Akzent hot die Kränk. Die scheenschte Zimmere im zwette Stock vorne naus henn se kriegt unn de Philp hot sich gfiehlt wie en Keenig uff de Hochzigrees'. Des war doch annerscht, wie wann er emol fort isch. Liewer Gott, do hot er als erscht in alle Kursbiecher 's billigscht Hodell rausgesucht – nee', meh wie e Mark fuchzig for die Nacht hot er sei' Lebdag noch nit ausgewwe g'hatt. Unn wann er do in so'me dunkle Stübche gewest isch, hot sich ke Deifel um en gekümmert. Awer do waren siwwe Knöpp an de Wand for druffzudrücke. For de Owwer- unn for de Unnerkellner, for de Hausborsch, for de Portjeh, fors Zimmermädel unn weeß de Deifel, was noch alles. De Philp hot se all browiert unn ständig hot en annerer de Kopp rei'gstreckt.

„Stiffel wichse, – die Kleederberscht –, 's Adreßbuch –, de Fahrplan!" – Herrgott, was hot de Philp kummediert!

„Philipp, du machst e bissel viel Umstände", hot de Unkel gsagt.

„Aa Unkel", hot de Philp gemeent, „ich will der's doch gemietlich mache!"

Unn dann sinn se los, in die Stadt. De Unkel hot ere Scheeß gewunke unn zum Kutscher gsagt, er soll se e bissel rumfahre. Ihr liewe Leit, des war doch annerscht wie gedippelt! De Philp hot sich nei'gelanscht, wie wann er's ganz Johr Scheeß fahre dhet unn hot sich gfreet, wann als der Kutscher geknallt hot unn die Leit vorne weggaleppert sinn. Doch uff ee(n)mol hot er uffs Taxameterschild geguckt unn do isch's em siddig heeß woore. Gewitter, wann er des bezahle mißt! Fuchzig Mark, fimfefuchzig Mark, sechzig Mark – die Zahle sinn nor so ruff unn nunner gedanzt, Herrschaft, jetzt geht's uff hunnerd – Gottseidank, daß der Unkel newedra(n) sei' Dollar im Sack hot! Unn er hot en krampfhaft am Rockzippel g'howe, daß er em nit dorchgeht.

„Philipp, was machst de? Was hebst mich so?"

„Aa, Unkel, mir werd's beinoh schwindlich vor lauder Vergniege!"

Am Marieplatz sinn se ausgstiche unn de Philp hot glei en gfroogt, wu's nooch'm Hofbräuhaus geht.

„Da gehn's da schief nüber, dann aamal links nei', dann aamal rechts nei', dann aamal widder links, dann san S' dort. Sie riechen's scho'!"

Ee(n)mol links, ee(n)mol rechts, ee(n)mol links, – jo, des kann de Deifel bhalte! Awwer rieche, rieche, des isch besser gange. E guti Pälzer Nas kummt jo uff alles. In fimf Minute war'n se dort.

Ihr liewe Leit, war do en Schwadem drin! Mer hot bloß Mensche mit dicke Köpp unn Krüg am Hals gsehne.

De Philp hot em Unkel in die Seit geboxt unn gsagt: „Gell, do guckscht?"

Allerdings, do hot er geguckt, de Unkel!

„In ganz Amerika", hot er gsagt, „werd im e Jahr nit soviel Alkohol getrunke wie da in ere Stund!"

Unne war ke Platz zu finne, awwer de Philp hot ke Ruh ghatt unn sie henn e Moß schlenkere misse, am e Fässel im Stehe! Unn wie de Philp den Krug am Hals henke ghatt hot unn hot die Aage verdreht debei nooch alle Himmelsrichtunge iwwer des gute Bier, hot en Zwockl newe gsagt: „Gell, da schleckst?"

„Allerdings", hot de Philp gsagt, „for zwanzig Mark kammer schlecke, des isch deier genunk!"

Dann sinn se nuff in de zwette Stock unn henn emol zu Nacht gesse. Kalbshaxe mit Grumbeeresalat hot de Philp bstellt, ihr liewe Leit, do hot de Unkel gschnalzt!

Unn dann sinn se niwwer ins „Platzl" unn henn die „Dachauer" beehrt. Was hot der Philp e Vergniege ghatt iwwer die scheene Baurestickelcher, er isch nit fertig worre mit Brawoklatsche. Unn wie se do owwe Schuhplattler gedanzt henn, hot sich de Philp nit halte kenne unn hot aa fescht uff sei' Knie gebatscht. Unn wie er emol dodebei em Unkel seins verwischt hot, hot seller gsagt: „Philipp, laß die dumme Witz, ich hab kei' Hornhaut auf die Knie!"

Awwer gelacht hot er noochher doch widder, wie de Herr Komiker owwe runner em zugerufe hot: „Geh'n S' Herr Nachbar, schau'n S' nit so damisch, Sie san viel schöner, wanns a bisserl lachen!" – – –

Am nägschte Morge sinn se in die Gewerbeschau. Ihr liewe Leit, des war e A(n)strengung! Em Philp hot die Spielwareabteilung am beschte gfalle. Die ausgstoppte Figure, wu sich bewegt henn – so was war doch noch nit dogewest!

„Gell, do guckscht?" hot de Philp widder de Unkel gstumbt unn „wonderfull!" hot seller genuckt. Unn so ischs fort gange in eenere Dhur. Bsonders stolz war de Philp in de Farweabteilung. An dem Springbrunne, wu wie en Regeboge geglitzert hot, hot de Unkel de Kopp gschittelt vor Bewunderung.

„Werd alles in Ludwigshafe gemacht!" hot de Philp gsagt unn „bjudifull" hot de Unkel gegrunzt. Alterle, mir kennen doch noch ebbes, Deutschland isch noch nit am End! Des hot aach de Unkel zugewwe misse.

Middags henn se beim Schenker Biljetter gelöst for Oberammergau. E Gewittel, war do e Schlägerei! 's hot gheeße, alles war ausverkaaft, awwer wie de Unkel a(n)gfange hot: „Tu tickets, först pläs'", wubdich hot er zwee Kaarde ghatt!

Unn die annere, wu deitsch gebabbelt henn, henn dabbiche Gesichter gemacht, weil se nix kriegt henn.

Dollar sinn Dollar, hot de Philp gedenkt, unn Marke sinn Marke, selbscht bei so heilige Sache werren selli vorgezoche!

Awwer wie se dorch die viele Mensche sich dorchdricke misse henn, hot's doch manche giftige Aage zu sehne gewwe.

„Warum hat jetzt der Kart'n kriagt?!" hot so 'n dicker Allbayer gewettert.

„Weil die Großkopfetn no' allweil vorzog'n werr'n!" hot en annrer gekrische. „Habts denn ös nit ghört, daß dös der Fürst Pleß gwesn is?"

„O geh'n S'," hot e Fraa gsagt, „der alt Mo' mit seiner glattrasiert'n Fisag'n, dös kann i nit glaub'n!"

„Doch, doch!" hot en annrer gemeent. „I hab's ganz deutli am Schalter ghört, wie er Kart'n verlangt hat für'n Fürst Pleß!"

„Uh!" hot de Philp em Unkel zugewischbert, „dapper, dapper los! Ich hör soviel des Wort Bläß, die woll'n uns noch de Werrsching verhaue, Unkel, los, ich möcht mei' Fraa un mei' acht Kinner nochemol ganz sehne!"

III. In Oberammergau

Am nägschte Middag am eense sinn se abgedampft nooch Oberammergau. In de beschte Mondur!

„For sowas muß mer en feschtliche A(n)strich hawwe!" hot de Philp gemeent. Er hot sein Hochzigsenkel unn sei' breete altmodische Hosse dezu a(n)gehatt unn sich drinn ausgenumme wie en Leichebitter. De Zwicker hot er nimmi vun de Nas runner gebroocht. Dann uff dere Fahrt hot's was zu sehne gewwe.

E Wetterle war am Himmel, so kloor wie am scheenschte Maiedag. De Philp hot grad nausjuugse wolle, wie se an de Starnberger See kumme sinn. Do hot die Sunn uff dem scheene große Wasser geglitzert wie lauder Gold. Driwwe isch Schloß Berg uffgedaucht unn newedra(n) hot sich des Königskerchl so lieblich rausgschält aus'm Grüne.

„In so're Märchengegend Lewe unn Glanz uffgewwe zu misse, isch meh wie draurig!" hot de Philp zum Unkel gsagt unn mi'me diefe „werrywell" hot seller gedankevoll zugstimmt.

Awwer des Zügel hot die ernscht Stimmung gar ball verschäächt. Possenhofen, Feldafing, Tutzing – s' isch immer scheener kumme. Jedi Hütt, jed Haus, jedi Kerch isch e Kunschtwerk in dere Gegend, wu mer hi'sieht – Gäärde unn Wisse unn Blumme! Ach Gott, sinn mir so aarem in unsre

Städt, hot de Philp gedenkt, die Mensche do wissen jo nit, wie schee(n) se's henn! De Peißeberg isch uffgedaucht, als weiter im Hurraß, Murnau, de Staffelsee, immer scheener – s' Hochgeberg!

„Juchhu!" hot de Philp sein Deckel gschwenkt. „Unkel, mer kummen jetzt ins Paradies!"

„Oberammergau, alles aussteigen!"

Wahrhaftig, mer war im Paradies! Die hoche Berggippel, vunn de Sunn vergold, waren dogstanne – zum Greife so noh! Unn die scheene weiße Haiselcher, all vermoolt mit Engel unn Heiligebilder — mer war in ere annere Welt!

Unn die Mensche, liewer Gott, die Mensche!

„Unkel, was Hoor, was Hoor!" hot de Philp gekrische.

„Guck emol, hie möcht ich ke Balwierer sei', die machen schlechte G'schäfte!"

Meiner Sechs! All sinn se do rum geloffe, die Männer wie Buwe, mit Hoor bis an die Schultere. Sogar de Gepäckträger am Bah(n)hof hot die Zottle iwwer die Halsankel nunner henke ghatt.

Wie se weiter nei' kumme sinn ins Dorf, war's noch ärger, mer hot gemeent, mer wär in Paläschtina vor zweedausend Johr, bloß daß selli noch ke Sigar geraacht henn.

An jeder Dher sinn se gstanne, aus jedem Haus henn se rausgeguckt, die Jünger unn Pharisäer – selbscht de Unkel, der doch schun viel gsehne hot, hot die Kopp schittle misse. Do isch grad widder ener vorbei, en kleener Mann mit grooe lange Hoor, un'me mordslange Bart. E Bu vun e Johrer zehne war bei'm.

„Philipp, frag mal, wer das is!" hot de Unkel gsagt.

De Philp hot den Bu am Arm gezoppt. „Du, Liewer, wer isch des?"

„Dös is der Petrus", hot seller stolz gsagt, „dös is mein Onkel!"

„A do kummscht sicher mol in de Himmel!" hot de Philp gelacht unn dezu gepiffe „Ach, wenn das der Petrus wüßte!"

Do hot selbscht der leibhaftig Herr Petrus rumgucke unn lache misse.

Jetz sinn se ins Wohnungsamt unn henn ihr Zimmer gsucht. Bei'me Bäcker, Haus Numero soundso, hot's gheeße. Wie se hi'kumme sinn, hot der Hausherr aa' lange Hoor ghatt. En Schutzgeischt hot er gsagt, wär er.

„Na, do kann uns nix bassiere!" hot de Philp gemeent. Un so wars aa.

Sie henn e schee(n) sauwer Zimmerle mit zwee Better kriegt – alle Reschbekt! En kleener Aposchtel vun verzeh Johr hot'n glei die Stiffel abgeberrscht, unn de Unkel hot gschmunzelt: „Ollreiht, hier is gut sein!" –

Wie se später ihrn Rundgung dorchs Dorf gemacht henn – ihr liewe Leit, wie international isch's do zugange! Alle Sprooche hot mer ghört, am meischte Englisch, dann die Amerikaner waren stark vertrete.

„Donderstorm!" hot uff ee(n)mool de Unkel gerufe, „wer kommt da?"

En Mann mi'me mordsbreete Buckel isch kumme unn hot gewiehert wie en Gaul. Er hot'm Unkel sei' dicke Pratze hi'gstreckt – ihr liewe Leit, was Serwelahfinger mit Trauerränder! E Frääle war bei'm, derr unn verhuzzelt, awwer sie hot dapper e Lornjett vor ihr diefe Aage ghowe unn mit'm Kopp gewackelt wie e Nippfigur. Jesses was e Begrießung! Der Mann hot'm Unkel die Hand gemolke in eem Stick fort unn als „well", „ollreiht" unn „bjudifull" dezu gemeckert. De Philp hot jo nix devu(n) verstanne, doch wie's gar nit uffhöre wolle hot, hot de Philp de Unkel gezoppt – Gott sei Dank, jetzt hot er sich verabschied!

„Wer war des?" hot de Philp gfroogt.

De Unkel hot die Stern gerunzelt unn sich erscht mol hinnerm Ohr gekratzt.

„Das war ein Hausbursch", hot er gsagt, „in einem Hotel in Neujork, wo ich immer hinkomm'. Der verbringt sein Urlaub mit seinre Miß auch in Deutschland! Drei Jahr zurück waren das noch ganz arme Leit!"

Liewer Himmel, hot de Philp gedenkt, wann ich nor aa Hausborsch in Amerika wär, ich muß mei' Bawett deheem hocke losse, do soll doch e Gewitter –, Philp, halt, mer sinn in Oberammergau!

Am nägschte Morge am halwer achte sinn se los ins Passionstheater. Des war e Menschespiel unn e G'saus mit Scheeße unn Autos – so was war jo noch nit dogewest! Sechsdausend Mensche, hot sich die Philp sage losse, waren in dere große Zuschauerhall, Leit vun de Umgegend unn aus alle Herre Länder, die wolle zammegedrummelt sei' alle zwee, drei Daag!

Sie henn en gude Platz ghatt unn mitte uff die Bühn gucke kenne. Draus in de Berge isch de erschte Kanoneschuß losgeknallt unn ball druff isch's a(n)gange. De Chor, verzig herrliche Gstalte in lange goldgsticke Gewänder, isch rei'kumme unn hot a(n)g'fange zu singe:

„Wirf zum heiligen Staunen dich nieder,
Von Gottes Fluch gebeugtes Geschlecht."

Mit Stimme so herrlich unn sauwer, wie's ken Theaterchor widdergewwe kann! Unn's erschte Bild isch erscheine: Die Vertreibung aus'm Paradies. Unn de Prologsprecher, der alte Anton Lechner mit seine warme, edle Stimm, hot die Begrießung ghalte, en Moment so erhawe unn feierlich – nit zu beschreiwe!

„Alle seien gegrüßt, welche die Liebe hier um den Heiland vereint, trauernd ihm nachzugeh'n auf dem Wege des Leidens bis zur Stätte der Grabesruh.‟

Do isch ke Aag trucke gebliewwe. Unn dann der Einzug in Jerusalem mit vielleicht siwwe- bis achthunnert Mensche uff de Bühn, dargstellt noch dausendmol scheener als sell Gemälde vum Leonardo da Vinci!

Unn der Juwel unn Gsang!

„Hosianna! unserm Königssohne
Ertöne durch die Lüfte weit‟

Des war e Wirkung – wahrhaft göttlichi Kunscht! Unn alles war ergriffe vum erschte bis zum letztschte Bild in dem traurigscheene Drama! Wie oft hot de Philp die Träne gewischt unn wie oft hot der alt Unkel newedra' die Brill absetze misse, um die Hand vors Gsicht zu halte, „O, Herrgott, du hast mich widder zum Kind gemacht!‟

Unn des ganze Drama isch vorbeigezoge, so trei unn lebenswohr – mer kann's nit schildere! Die echte Disputatione vun denne Pharisäer, de Abschied von Bethania, de letschte Gang nooch Jerusalem unn's heilige Abendmahl! Unn debei den Engelsgsang hinner de Bühn, was Edleres hot mer noch nit ghört!

Unn middags nooch de Essenspaus, die Steigerung an Wahrheit unn Kunscht! De Judas als Schurk so nadierlich, daß mer'n hätt umbringe könne, de Pilatus am Anfang so gerecht, daß mer'm hätt die Hand kisse möge! De Kreuzgang nooch Golgatha – e Bild zum Herzzerbreche! Unn weiter, die Kreuzigung, die Kreuzabnahm' unn die Auferstehung bis zum Schluß.

„Hallelujah!
Preis, Ruhm, Anbetung, Macht und Herrlichkeit
Sei dir von Ewigkeit zu Ewigkeit!‟

Die sechsdausend Mensche im Zuschauerraum waren uffgewühlt bis ins Innerschte unn viele, viele henn gschluchzt vor Schmerz unn Rührung.

Wahrhaftig, des Oberammergau hinnerloßt e diefi Wirkung!

„Unkel", hot de Philp gsagt, „'s isch e Bild, so alt unn doch for die heitig Welt so bassend: Was frieher vun alle for schee(n) unn gut ghalte worre isch unn all des, dem wu se frieher zugejuwelt henn, des werd heit verdunnert unn gekreizigt! Unkel," hot er gsagt, „mir wollen doch bleiwe, wie mer waren, unn des glawe, was unser Mutter selig in unser Herz geplanzt hot!"

Unn de Unkel hot'm Philp die Hand gedrickt: „Wellwell," hot er gsagt, „solang noch Deutschland soviel inneres wahres G'fühl im Herze zeigt, wie da in Oberammergau, wellwell, solang' kann's unser Herrgott nit im Stich lasse!"

IV. De Dollar steigt

De Philp war vun dem Spiel in Oberammergau so be-
geischtert, daß er ke Ruh gewwe hot, bis er vun jedem
Aposchtel e Lock in seim Nodizbiechel ghatte hot. Er hot
gerechelt: die Bawett, acht Kinner unn drei Schwiegersöhn
macht z'amme zwölf Stick, des isch grad soviel wie
Aposchtel. Unn dann hot er for jedes e seltenes unn
interessandes Mitbringsel – jedem e Lock, schee(n) zamme
gebunne mi'me Rosabändele unn e Schildel dra(n): „Petrus",
„Johannes", „Judas" unn soweiter, jesses, was werren die
die Finger schlecke! Awwer 's hot hart g'halte, bis er se all
beisamme ghatt hot. Er isch denne Hoormensche iwweraal
nochgsprunge, uff de Strooß, an de Poscht, in ihre Woh-
nung, im Wertshaus – er hot mit jedem gekaardelt unn
Schmolles gemacht, na, de Philp isch jo en bossierlicher
Kerl, do henn se sich halt eni abschneide losse, 's waren jo
noch genunk druff!

Awwer zwee Dag sinn bei dem Spaß vergange wie nix.

„Philipp, mer missen weiter!" hot de Unkel gedrängt.

„A, Unkel, gell mei' Zeit isch ball rum?"

„Noch nit ganz, awwer mir missen ans Umkehre denke.
Morgen frieh fahre' mer ab nach Münche." – – –

Wie se los sinn unn de Unkel hot sein Zehtel Dollar Trink-
geld gewwe – ihr liewe Leit, was sinn do die Locke gfloche

bei denne Kumplimenter vum Herr unn de Fraa Schutz-
geischt unn ihre Aposchtelcher!

„Ei-senk-juh!" isch's gange in eem Stick fort unn in alle
Tonaarde, noch zeehmol besser wie bei de Owwer- unn
Unnerkellner im gröschte Hodell.

„Oberammergau – bjudifull – gudbei!" hot de Unkel
gsagt.

„Fehruell!!!!" henn die Oberammergauer wie uff
Kummando gekrische.

„Adschee Bardie!" – des war em Philp sein Sempf dezu.

– – –

Wie se glicklich in Münche a(n)kumme sinn, do war e Lamento in denne Strooße!

„Extrablatt – de Dollar af zwoadausend! – Neieste Zeitung – das Sinken der Mark!"

Die Leit sinn an denne Schaufenschtere vun de Banke gstanne – haufeweis!

„Schreckli – schreckli!" henn se gejammert – bloß de Unkel hot gschmunzelt unn hot „ollreiht!" gsagt, awwer nit so laut, sunscht hätt's en Knippel ans Aag gewwe. De Philp war neutral, dann er hot gedenkt, des isch's erschte Mol, daß ich vun de schlechte Valuta aa was hab!

„Philipp", hot de Unkel gsagt, wie se widder aus dem Getruwel draus waren, „Philipp, du kannst bleiwe, solang de willst! In Münche gefällt mer's, heut mache mer uns en scheene Dag! Winsch der was Feins, ich soll ders kaufe!"

Ihr liewe Leit, was war der Unkel gut gstimmt! In ihrm Hodell, im „Deitsche Kaiser" henn se glei zweemol gfrihstickt – Kakao, siwwe Tasse! Eier, Schinke, uff lange silwerne Platte – Weißbroot, Butter, dicke, dicke Bolle – Herrjerem, de Philp hot gschlickt, daß's Aagewasser gewwe hot. Unn de Unkel hot en als a(n)geguckt unn hot sein Spaß dra(n) ghatt – kost' ja bloß fünf Cents odder nooch frieherem deitschem Geld zwanzig Penning! hot er gedenkt.

„So, Unkel, jetz will ich der mol Münche richtig weise!" hot de Philp gschnallzt unn hot sich de Schnoores abgebutzt. Er hot en naus gfiehrt in die alt Pinakothek, do hot de Unkel die Aage uffgerisse! Wie der vor denne große biblische Gemälde vum Rubens gar nit weggehe wollt, hot en de Philp gezoppt:

„Aa, Unkel, des hemmer doch draus in Oberammergau alles in Nadur gsehne, derfscht nit solang stehe bleiwe, sunscht werren mer nit fertig!"

Do isch seller endlich weiter. „Werrywell!" hot er als gsagt. „Münche is e feine Stadt!"

Doch wie se an des Bild vum Pieter Brueghel kumme sinn, wu dra(n) steht „Das Schlaraffenland", unn wu die gebackene Eier unn die gekochte Wuzzle mit Messer unn Gawwel hinne drin rumlaafen, do hot de Philp widder nit weggewollt.

„Unkel", hot er gsagt, „do könnt mer grad so gut drunner schreiwe: „De Dollar 1922".

Awwer do hot de Unkel die Stern gerunzelt unn hot gsagt: „Philipp, laß die dumme Witz!"

Dorch die nei' Pinakothek sinn se dann nor so dorchgaleppert, bloß daß se aa drin gewest sinn. Dann de Unkel isch mied gewest unn de Philp hot widder Hunger kriegt. Unn dann sinn se zamme in die „Franziskaner" zum Friehschoppe. 's war schun gerappelt voll. Ihr liewe Leit, Weißwerscht, wie e kleene Finger so groß. Zeh' Stick hot de Philp verdrickt, dann de Unkel hot's bezahlt!

Am nämliche Disch waren zwee Hochdurischte gsesse, zwee Prachtkerl in korzer Wichs, mit blodde Knie unn braunverbrennt – 's war der Staat all! Edelweiß henn se am Hut ghatt unn en Pickel mit Seel am Kleederhooke henke.

„Wu kummen jetz ihr her?" hot de Philp gefroogt.

Unn dann henn se verzehlt vun de Zugspitz unn vum Krottekopp, unn vum Alpeglühn unn vum Schneeferner, unn daß es nix Scheeneres gäb als do owwe rum zu laafe unn owwer runner zu gucke.

Em Philp isch's Wasser im Maul z'amme geloffe.

„Unkel, do möcht ich aa mol nuff!"

„Ja, da machen mei' Bei(n) nimmer mit!"

Unn do henn die Durischte gsagt, 's gäb aach Berge, wu mer nuff fahre könnt, mit de Eisebahn, fascht bis an de Gippel!

„Gewitter, wu isch des?" hot de Philp gfroogt ...

„Af'n Wendelstoa!"

„Well!" hot de Unkel gsagt, „fahremer hin, morgen!"

De Philp hot sich alles genau expleziere losse unn dann hot er „mersi" gsagt unn sie sinn los.

Die Plässier, die Plässier! „Unkel", hot de Philp unnerwegs gsagt, „ich soll mer doch ebbes winsche, kaaf mer doch so e Alpekoschtiem, wie selle zwee eens a(n)ghatt henn, Herrgott, ebbes Scheeneres gäb's nit for unser Dhur!"

„Well, du sollst's hawwe!"

Unn glei sinn se ins Kaafhaus „Oberpollinger" nei' unn henn eens rausgsucht. Korze Ledderhose mit griene Franzle newe, e bloo Wämsel odder „Janker", wie se driwwe sagen, feine Hosseträger mit ere Quergurt, „In Treue fest" war druffgstickt. – Jesses, was hot de Philp gelacht! Dann grooe Wadestrümb mit griene Baßboll, e weiß Leinehemb mi'me weeche Krage unn e grie(n) Hütel mi'me Gamsbart druff! Dann genagelte Schuh, die waren allee(n) en halwe Zentner schwer! Jesses, was war de Unkel splendit!

„Unkel, des vergeß ich der in de Dodelad nit!" hot de Philp gsagt.

„Uh"! hot sich seller gschittelt, „des kann ich nit höre!"

Middags nooch'm Esse im Hodell, wie de Unkel grad e Nuckerle gemacht hot, isch de Philp ans A(n)browiere gange. Herrgott, des war doch nit so ee(n)fach! Die Strümb henn nit recht hewe wolle, weil sei' Wade so derr waren. Do hot er se unner de Baßboll mit Schnur feschtgebunne – Gott sei dank, jetz isch's gange! Uh, was henn die Ledderhosse die Bee(n) gekühlt, er hot en ordentliche Schauder kriegt! Awwer wie er die schee(n) Gurt „In Treue fest" iwwer de Bruscht ghatt hot unn's bloo Wämsel driwwer unn's Alpehütel uff'm Kopp, do hot er sich vor de Spichelschrank gstellt unn „Juhu!" gekrische.

„Ke Mensch", hot er gsagt, „werd's merke, daß ich ken Verrichtiger bin!"

Philp, verguck dich nit! Wie er noochher mit'm Unkel durch die Kaufinger Strooß gange isch, unn die Leit henn

sei' blodde derre weiße Knie gsehne, wu Gänshaut druff
war – die reinschte Dorne! Jesses, was war des e Gelächter!
All henn se sich gstumbt unn rumgeguckt: „Da schaugt's,
so an Salontiroler! So an affgebutzten Breißngigerl!"

Herrgott, was e Beleidigung! Dapper sinn se ins nägschte
Wertshaus nei' un henn sich an die Wand gsetzt. De Philp
hot als die Hand uff die Knie, daß mer nix sieht. Unn do
sinn se sitze gebliwwe bis zum Nachtesse. Hernodert war's
dunkel unn sie sinn los.

„Wohin gehe mer jetz?" hot de Unkel gfroogt. „Philipp,
ich möcht jetzt noch was Lustiges höre, wie neulich bei de
Dachauer!"

„A, Unkel, jetzt geh' mer mol hi(n), wu ich als Soldat
immer war, in die „Drei Löwe" in de Schillerstrooß, do sinn
die alte Münchner Urkomiker!"

„Ollreiht – geh' mer!"

Wie se hi'kumme sinn, hot de Herr Komiker an die Kaß
gsagt, 's wär alles ausverkaaft.

„Was?!" hot de Philp gekrische. „Ich kumm extra vun de
Palz do riwwer gfahre, for Eich zu sehne, unn mei' Unkel
hot sogar e Schiff genumme unn kummt vun Amerika –"

„Allerdings!" hot de Herr Komiker gelacht, „da müss'ns
no an Platz kriagn! Kommen's mit!" Unn hot die Kaß unner
de Arm genumme unn hot se dorch die viele Mensche
dorchgfiehrt bis vorne hi' an die Bühn. Do war e Mutter mit
ihre Dochter am e kleene Dischel gsesse.

„Meine Damen, gestatten's, daß ich noch alte liebe Be-
kannte zu Ihnen setze – gell, ruckens no a bissel z'amm'!"

Unn die Dame henn huldreich mit'm Kopp genuckt –
bauf dich, waren se gsesse!

„Sengs, Herr Dokder", hot de Herr Komiker zum Philp
gsagt, „jetzt ham's no an scheensten Sperrsitz."

Meiner Sechs, sie henns glänzend gsehne! Was isch de
Philp uffgedaut, wie er die alte Münchner Späß ghört hot!

„Ich bin halt der Stolz von der Au –

Am Mariahuifplatz geboren!"

„Gewitter!" hot er gekrische, „des haw ich vor dreißig Johr schun ghört – des gfallt mer jetz!" Unn er isch immer lustiger worre den ganze Owend unn hot mit denne Dame a(n)gstoße in eenre Dhur.

Wie er mit dere Junge gar so aarig geblinzelt hot, hot'm de Unkel ins Ohr gebischbert: „Philipp, vergeß nit, was auf deiner Brust steht!"

Meiner Hachel „In Treue fest!" Unn was hot die Bawett gsagt? „Philp, vergeß aach mich unn dei' acht Kinner nit!" Awwer er hot nit ghört! „Frailain", hot er gsagt, „Prost, derf ich mich vorstelle? Ich bin aus de Palz!"

„Ja", hot selli gekichert, „mer siecht's an die weißen Boa'!"

Gewitter jetz wars fertig!

„Unkel, mer gehen heem!"

Unn dapper sinn se uffgepackt ins Hodell. Unn de Philp hot glei beim Hausborsch die gehl Wichs unn die Berscht dezu verlangt unn isch demit nuffgfeiert in sei' Zimmer.

„Ihr sollen die Schwernot kriege!" hot er gsagt unn hot a(n)gfange sei' Bee(n) bis zu de Knie nuff mit gehler Wichs ei'zuschmiere unn zu wichse.

Fimf Minute druff henn se geglänzt wie bei'me Indianer. Wie de Unkel glei druff rei'kumme isch, was isch der verschrocke!

„Philipp – haudujuduh – was machste?"

Awwer de Philp hot sich vor'en gstellt, hot de eene Fuß vor de anner, hot's grie(n) Hütel gschwenkt unn hot gsunge:

„Ich bin halt der Stolz von der Au –
Am Mariahuifplatz geboren!"

„Unkel", hot er gsagt, „guck emol mei' Bee(n) – bin ich jetz nit verrichtig?"

Unn de Unkel hot die golden Brill abg'setzt unn hot als sich die Träne gewischt vor Lache.

„Philipp", hot er gsagt, „in ganz Amerika gibt's kein zweite wie du! Werrywell – was wirste Furore machen im Hochgeberg!"

V. Im Hochgeberg

Eh' se morgens fort sinn ins Hochgeberg, hot de Philp folgende Brief heem gschriwwe:

„Liewi Bawett! Geschtern hot er's erschte Mol en gute Dag ghatt, er hot geleddert! Zwar nit in bar, sondern im e Alpekoschtiem. Er hot mer e korzi Wichs kaaft. Jeerem, wann Ihr mich in dem Uffzug uff de Meß ausstelle dheten, do hätte'mer Ei'nahme, daß 's rabbelt!

Ich bin jetzt Hochdurischt, am neune gehts fort uff de Wendelstein, heit middag simmer drowwe, Alti, zweedausend Meter hoch, do isch die Kalmit nix degege! Vun owwe runner schick ich Eich e A(n)sichtskaart.

Viel Grüß an allminnanner, bsonders an de Kaalche, unn Dir, liewi Bawett, en saftige Schmatz

vun Deinem treie

Philp."

Sodele! Zugebabbt unn fort mit!

Am halwer elfe war de Zug in Branneburg. In de Bergbahn henn se en scheene Platz kriegt, vorne, wu mer die bescht Aussicht hot. Zwetter Klaß nadierlich! Lauder feine Leit waren drin – Dame – nowel, nowel! De Philp hot noch ke so scheene gsehne ghatt. All hen se em Philp sei' braune Bee(n) a(n)geguckt unn mit de Nas gschnubbert, dann die

gehl Bumad hot en sonderbare Parfüm verbreit'. Schnub-
beren numme, hot de Philp gedenkt, heit bin ich en Ver-
richtiger!

„Du, Unkel," hot er gebischbert, „wie kummt des, daß
mer im Urlaab soviel scheene große Dame sieht, bei uns
deheem, in unserm Stand, hot's so gar kenni?!"

„Ja," hot de Unkel gsagt, „mußt bedenke, die Dame, wo
nit viel arbeite misse, sinn immer die schönste!"

„Grad wie bei de Küh'", hot de Philp gemeent. „Philipp,
sei ruhig unn betracht liewer die Aussicht!"

Meiner Hachel, die war wunderbar! An steile Felswänd
isch's nuffgange unn diefe, diefe Abgründ henn sich uff-
gedhue. Driwwe waren die Vorberge gelegge, grü(n) unn
saftig unn owwe driwwer hot die Sunn mit alle Farwe gspielt
– o Herrgott, wie schee(n), wie schee(n)! Die Haiselcher im
Dhal sinn immer kleener worre, ball henn die Dörfle nor
noch ausgsehne, wie aus'me Baukaschte hi(n)gsträät. Mer
hot 's Vieh an denne Abhäng grase sehne unn die Hals-
glöckelcher henn riwwer geklunge, wie aus ere annere Welt.
De Philp hot'm Unkel die Hand gedrickt.

„Ach, Unkel, bin ich der dankbar, daß d'mich mitge-
numme hoscht!"

„Bjudifull – Bayern is e scheenes Land!" hot seller
gedankevoll beigstimmt.

Immer weiter nuff isch des Zügel gekrottelt. De Philp hot emol zum Fenschter nausgucke wolle, isch awwer glei widder mit'm Kopp zurück. Ach Gott, do geht's jo nunner, daß mer Angscht kriegt. Isch dann so was menschemöglich?

Zum Schluß hot mer nor noch Felse, Tuneller, Berggippel unn diefe Schluchte gsehne. De Philp isch dringhockt, – maiselstill. Ihr Leit, do heeßt's de Atem a(n)halte! Endlich, endlich war'n se drowwe.

„Station Wendelstein, alles aussteigen!"

Jetz noch en diefe Gang durch – draus waren se! Ihr liewe Leit, do war jo e Hodell wie drunne uffm ewene Bodde! Unn e Menschemass' isch do gsesse, im Freie, in de Wertschaft drinn, in de Bierhall – ach liewer Strohsack, die reinscht Kerwe! Unn all henn se gspachtelt unn Bier getrunke unn fröhliche Gsichter ghatt – kee Wunner! „Unkel so e Aussicht!

Liewer Gott, sinn mir so froh

Holdrioh, holdrioh!"

De Philp hot sei' grie(n) Deckele gschwenkt unn gsunge, daß alle Leit gelacht henn.

„Philipp, bleib nor in de Hosse!" hot de Unkel gemeent.

„Nee', Unkel", hot de Philp gsagt, „do kann ich mich nit halte, do mißt mer jo nit aus de Palz sei', wammer do nit juugse dhet!"

Unn dann sinn se e bissel uffm Plateau rum.

„Hier wird foddografiert in Alpenstellung!" hot ener gekrische.

„Unkel, des wär was!" hot de Philp gemeent.

„Well, laß dich abnemme!"

Unn de Philp hot sich en Buschel Edelweiß kaaft, hot'ne an sei' Hütel gsteckt unn hot sich vun eem so en lange Bergstock unn en Pickel mi'me Seel gelehnt. Unn dann hot er sich abknipse losse, in Alpestellung! Ihr liewe Leit, des Gsicht! Mer hot'm die Strapaze vun dem Uffstieg förmlich a(n)gsehne.

„So, die werren mol gucke deheem, wann se die Kaart kriegen!" hot er gelacht.

„Was mache'mer jetzert? ... Unkel, jetz geh' mer noch do nuff bis an de Gippel!"

De Unkel hot e bedenklich Gsicht gemacht. Dann des war en steiler Felse, minneschtens zweehunnert Meter hoch. An so eiserne Geländer hot mer im Zickzack nuff gemißt. Ihr liewe Leit, des war nit so ee(n)fach.

„Well – wolle'mers browiere!" hot er trotzdem klee(n)laut gsagt.

De Philp isch vorne naus, so ziemlich kurascht, de reinschte Gippelstermer!

„Unkel", hat er gekrische, „mer packen's, nor fescht druff los!"

Philp, mach ke Sprich! Bis jetzt hot er bloß in die Höh' geguckt ghatt, awwer jetzt hot er mol iwwer sein schmale Steg niwwer e bissel unnersich geguckt! Grundgiediger Himmel, isch do e Loch nunner! Er hot die Aage zugemacht unn sich am Felse neewe ghowe.

„Unkel", hot er gekrische, „ich krieg de Knieschnackler!"

Philp, die viele halwe Schöppelcher, jetz kummt's an de Dag!

De Unkel war leicheblaß. Er isch mit seim Steckele uff'm Bodde vorneher gfahre unn do hi(n)gschläppelt wie en Blinder.

„Philipp", hot er gsagt, „ich kehr widder um – geh du allei(n) nauf!"

Kichelwetterhambach. Meiner Sechs, der hot schun die Kehr unn isch widder zurückgedäppelt.

„Philipp, ich wart am Hodell – ollreiht!"

Adschee Bardie! hot de Philp gedenkt, nuff muscht unn wann alles die Kränk kriegt! Norre nimmi nunner gucke, alsfort öwwersich! Gottlobendank, jetz isch's gange.

Doch wie er halwer drowwe war, hot's uff ee(n)mol en Blatschrege gewwe. Des wär jo nit so schlimm gewest, awwer sei' arme braune Bee(n)! Ihr liewe Leit, isch do die gehl Brüh devu(n) geloffe, kiwwelweis, wie wann en Düncher sei' Häffel ausleert! Iwwer die Strimp ischs gange, die Schuh nunner, de ganze Weg war verschnuddelt, gehl, gehl unn widder gehl – Philp, do hoscht was a(n)gericht! Alles hot uff'n geditte unn gelacht.

„Da schaugt's", hot ener gekrische „so an armer Deifi, dem geht die Haut davo(n) unn der Breiß kimmt widder aussi!"

Gott sei dank, daß der Rege ausgiebig war, in fimf Minute war die ganze Polidur fort, norre die Strimp waren noch gehl versprickelt.

„Liewer Herrgott", hot de Philp gseifzt, „helf mer doch, daß mer nix meh merkt!"

Unn werklich, ball druff hot die Sunn widder geglitzert, de Philp hot sei' Knie mit'm Sackdüchel glatt geriwwe, so, jetz sieht mer nix meh'.

Unn schun war mer drowwe uff'm Gippel! Ihr liewe Kinner, do war alles vergesse. Des war e Aussicht jetz, herrlich, herrlich! Alles war begeischtert.

Des do isch die Zugspitz, hot's gheeße, des de wilde Kaiser, des de Großglockner, de Großvenediger – de Philp hot Maul unn Nas uffgsperrt.

Er hot sich mol e ganzi Stund hi(n)gelagert unn als in die Fern geguckt. Meiner Seel, die Welt isch schee(n), unn's Lewe isch lewenswert! Do howwe, in Gottes scheenschter Nadur isch mer frei unn zefriede!

Owwe war noch so e klee(n) Kabellche. Die Leit sinn nei' unn gar mancher hot unserm Herrgott gedankt for die Gnad' unn den Genuß. Aach e Fremdebuch war do unn alles hot nei'gekritzelt. Mancher hot sogar e Versel gemacht unn die schee(n) Gegend gelobt so gut als 's geht.

Des könnscht aa mache, hot de Philp gedenkt. Awwer dichte isch nit so leicht. E gschlageni Stund hot er an seim Bleistift rumgekaut – endlich, endlich hot er's beisamme ghatt! Awwer beim Dichte hot er Heemweh kriegt – unn er hot an sei' scheene Dag in de Palz denke misse. Liewer Gott, unsern gude Wei' will ich nit vergesse! Unn drum hot sei Sprichel ins Fremdebuch gelaut':

„Die Pälzer Berge sinn zwar klee(n)
Unn nit gemacht zum Zeige.
Mer kann se mit'm Wendelstee(n)
Wahrhaftig nit vergleiche.

Unn doch möcht ich deheem jetz sei' –
Do wachst jo nix do howwe!
Bei uns gedeiht de klorschte Wei' –
O Palz, du bischt doch owwe!!!"

VI. De Abstieg

Mer meent grad, der Philp mit seim wehleedige Versel hätt e Ahnung ghatt, daß ebbes Dabbiches dezwische kumme muß. Kaum hot er sei' letschti Zeil hi(n)gewichst ghatt, do isch's em siddig heeß dorch de Kopp gange: Herrjerem, was werd der aarem Unkel jetz mache?! Wieviel Uhr isch es dann? O heiliger Bimbam, schun halwer fimfe! Jetz hot er's erscht gemerkt, daß fascht gar ke Leit meh do howwe uffm Gippel waren.

Jetz heeßt's awwer gfeiert! Ja, wammer nor noch so sprin-ge könnt wie früher! Die Bee(n) hot er gschlenkert – wie eener vun siwwezig! Ui – ui – uih, wann nor de Abgrund nit so dief do unne wär, do hot mer jo e Gfiehl, wie wammer uff de Gaunschel hockt unn hoch owwe runner sause dhut. Er hot die Aage zugepetzt unn nooch Odem gschnappt. Ihr liewe Leit unn den hohle Bauch! Nix meh gesse seit heit morgend, 's isch em ganz grawwlich worre.

„Eich soll e Krott petze, mit eierm Hochgeberg, ke hunnerd Gail bringen mich do meh ruff!"

De halwe Weg hot er ghatt, awwer der wieschterlich Deifel do unne hot sei' finschter Maul immer größer uffgerisse. Ach liewi, armi Bawett, wann du wüscht wie mir's zu Mut isch. Heile hätt er könne, meiner Seel 's isch e Sind unn e Schand, hot er gedenkt, deheem hocken acht lewendige

41

Kinner, drei zukünftige Schwiegersöhn unn e Fraa – zwölf Köpp, wu zu versorge sinn, unn er dabbt do im Newwel rum unn setzt sei' Lewe uff's Spiel! Schweeßtroppe hot er uff die Stern kriegt, so groß wie Gegummrekern unn's Herz hot'em gebollert in eem Dunnerledder – Geduld, Philp, Geduld, du bischt ruff kumme, du kummscht aach widder nunner!

Unn so war's aa. Endlich war er vor'em Wendelstein-hodell gstanne.

„Jetz wu laaft dann der Unkel rum?"

Er hot geguckt unn geguckt, do im Freie vor'em Werts-haus, drin in de Bierhall, dort in de Veranda, dann ganz drin im Speisesaal – doch nergends war ebbes vum Unkel zu sehne.

Alle Winkel hot er ausgstöwert, hinner alle Bierfässer hot er gstochert – nix – nix!

„Kichelwetterhambach, was dhut mer der dabbich Mann a(n)!"

Jetz isch er niwwer gfeiert ins Wendelsteinkerchel, do war er aa nit! An alle Aussichtsecke unn Bänk isch er gsterzt – alles umsunscht!

„Der werd mer doch nit, wu ich drin im Wertshaus ge-guckt hab, den Gippel nuff entgege geloffe sei'!"

Unn er isch redur gsaust, den mühselige, lewensgfährliche Weg uff dem schmale Steg, noch emol vun neiem. Ke Mensch war meh druff.

Er isch e groß Stück schun gewest! Ihr liewe Leit, was die Angscht Fieß macht – Kurasch hot er uff ee(n)mol kriegt unn Sprüng genumme wie e jung Füllche.

„Unkel, Unkel" hot er als gekrische, doch ke Mensch hot Antwort gewwe.

„Ach lieber Gott", hot er gstöhnt, „was fang dann ich a(n) do howwe, – zweedausend Meter hoch, in dem Uffzug unn kenn Penning Geld im Sack?! Aa ich muß jo elend umkumme!"

Unn de Philp, wu sunscht so e groß Mundstick hot, hot
gheilt jetz wie en Schloßhund.

„Kaalche, Kaalche", hot er als geworgst, „wann ich nor
noch ee(n)mol bei der wär!"

Unn wie er widder „Unkel" gekrische hot so laut wie en
Mordbrenner unn widder ke Antwort kriegt hot, isch er end-
lich redur. In fimf Minute war er drunne am Hodell, uhne
Schwindela(n)fäll! Des macht scheint's die Üwung.

Doch do war er aa widder nit. Er hot die Kellnerin do
haus gfroogt nooch eme alde Mann mit ere große goldene
Brill – „Keiner da g'wesen!" hot die'n abgebutzt.

Jetz was fang ich a(n)? hot er gedenkt, der isch mer dorch
die Latte, den sehn ich nimmi. Isch er jetz do nunner nooch
Bayerisch Zell odder mit de Bergbahn zurück uff Branne-
burg, des weeß der Deifel!

Ihr liewe, liewe Kinner, isch des e U(n)glick! Haw ich
mich so lang uffhalte misse mit dem saudumme Vers do
owwe ..., zwee gschlachene Stund ..., aa do muß jo de
blödschte Kerl devu(n) laafe!!! „Fitze feierdunner ... was
mach ich?! Aa ich kann doch in dem scheele Uffzug do nit
heemlaafe bis uff Ludwigshafe, uhne en Penning Geld im
Sack?! Nix zu esse, ihr liewe Kinner, acht Dag lang vielleicht,
ach liewer Gott, bin ich verlosse!"

„Geld muß bei, Geld muß bei!" hot er gstöhnt. „Soll's
jetz gehe, wie's will!"

Unn er hot sich mol uff so en Felsbrocke gsetzt unn de
Kopp zwische die Händ genumme unn iwwerlegt.

„Aweil haw' ichs!" hot er uff ee(n)mol gekrische unn
isch uff unn devu(n). Schnurstracks niwwer an die Bergbahn-
station.

Er hot an de Schalter gekloppt.

„Entschuldigen Se", hot er gsagt, „henn Sie vielleicht en
Amerikaner abgfertigt mit ere goldene Brill?"

„A so a damische Frag!" hot's gheeße. „Amerikaner laufen soviel umanand, i schau koanen a(n) bei der Hatz am Schalter!" Fertig unn zugebatscht. Da, do hoscht dei' Fett!

De Philp hot nochemol gekloppt.

Autsch, hot der e Gsicht do inn gemacht, wie wann er'n fresse wollt!

De Philp hot sei' Hütel runner unn e Mordskumpliment hi(n)gedrickt.

„Ach, entschuldigen Se, Herr Owwerinspekter", hot er gsagt, „könnt' ich nit e dringendes Delegramm bei Ihnen uffgewwe?"

Seller hot sich hinner de Ohre gekratzt. Unn do hot de Philp sich's Herz genumme unn sei' ganz Malör verzählt, daß de Unkel aus Amerika ihn ausgschmiert hätt, unn daß er jetz do howwe hocke dhet uhne en Penning Geld im Sack. Jetz bräucht er Zasseres unn müßt unbedingt heemdelegrafiere.

„Ach", hot er gsagt unn dem Beamte sei zwee Händ geknotscht, „nemmen Se doch des Delegramm uff – unser Herrgott soll's Ihne jo vergelte!"

Seller hot sich erweeche losse. „Guat, i will's vermitteln ..., aber womit woll'ns zahl'n?"

„Wann Ihne vielleicht mit meim Hütel gedient wär?"

„O mei' – mit so an alten Deckel!"

„Was?!" hot de Philp gekrische. „Alter Deckel?! Der isch noch ke drei Dag uff meim Kopp ... Do gucken Se mol, frisch kaaft beim Owwerpollinger in Münche! Erschtklassischi Waar ... mei' reicher Unkel loßt sich nit lumbe, de Gamsbart allee(n) isch finfhunnerd Mark wert – du sollscht die Schwernot kriege!"

„Guat, schreib'ns Ihr Telegramm und geb'ns dös Hüaterl rein, i wills aufheb'n, Sie können's später wiader einlös'n!"

Gottseilowendank, 's gibt doch noch gute Mensche! De Philp hot sich Babier gewwe losse unn hot gschriwwe:

„Unkel durchgebrannt, wohin unbekannt. Sitze allein auf Wendelsteinspitze, in kurzer Wichs und ohne Geld. Bin in großer Not, helfet!

Philp."

„Da", hot de Philp gsagt, „awwer gell, „dringend", Herr Owwerinspekter!"

Seller hot's genumme unn glei' los gfeiert, de Philp hot noch zugeguckt.

„Ach sinn Sie en guder Mann!" hot er zum Schalter neigekrische. „Wann Sie mol in die Palz kumme, ich werr's Ihne wett mache, Sie müssen en Rausch kriege, wie en Baurebu am Kerwesunndag!"

„Scho' guat, wenn's nur bald Ihr Geld kriag'n!"

Unn de Philp hot sich noch mol bedankt unn Adschee gsagt, wege dem Geld wollt er schun noochfrooge.

Jetz isch er widder niwwer ans Hodell, ihr liewe Leit, bloddköppisch! Do hot de Wind um sei' Glatz gepiffe!

„Herrgott was fang ich jetz a(n)?" hot er gejammert unn die Hand uff de Kopp ghowe. „Werd mich der Hodelljeh die Nacht do schloofe losse? Was biet ich dann dem a(n) …, mei' bloo Wämsel … des isch jetz aa dausend Mark wert … Kichelwetterhambach, die werren doch ball des Geld schicke! … Ihr liewe Leit, werd des e Uffregung deheem gewwe! … Wu kriegen die nor soviel Geld her? … Na, der Kellerfenschter Schorsch werd's schun zammekratze, der hot jo noch uff de Kaß, ihr liewe Leit, so e Schand … Der Dunnerwetters Unkel soll jo …"

Grad will er die Dheer zum Hodell nei', do rennt jemand uff'n …

„Philipp, was machste, wo laufste solang rum?"

De Philp hot sich an de Wand newe ghowe vor Schrecke … Liewer Himmel, de Unkel, wie er leibt unn lebt … frisch, mit rote Bäckle!

„Ach, Unkel!" hot de Philp gsagt, unn hot sich an sein Hals gehenkt, unn gheilt wie en kleener Bu. „Unkel, was hoscht mer a(n)gedhue! … Wann ich dich jetz nit gfunne hätt, hätt ich mich in de Abgrund nunner gsterzt! Wu warscht dann so lang, wu warscht dann so lang?"

Unn er hot en als an sich gedrickt unn verkißt, in eem Stick fort – ach Gott, wie rihrend!

„Philipp", hot de Unkel gsagt, „sei nur ruhig, ich bin ja da! Du bist e bissel lang gebliwwe, wellwell – unn wie ich da zu Middag gesse ghabt hab, unn hab' als noch gewaart, bin ich e bissel schläfrig worre. Unn da hab ich mer halt im Hodell e Zimmer gewwe lasse unn hab im Bett e Stündche ausgeruht – werrywell, jetz is mers wohl!"

„E Stündche?!" hot de Philipp gekrische. „Unkel, fimf gschlachene Stund hemmer uns nimmi gsehne – guck emol ich hab schun mei' Hütel versetzt, ich hab jo Dodesängschte ausgstanne!"

Unn er hot verzählt, was er alles in seiner Not unnernumme hot.

„Ollreiht!" hot de Unkel gelacht, „du warst auch so waghalsig – jetz biste kuriert … Komm mit, in fünf Minute geht der letzte Zug, wir müssen nunter fahren."

Unn de Philp hot sich an sein Arm ghenkt unn hot'n nimmi los geloßt.

Wie se niwwer kumme sinn an die Bergbahn, war's högschti Zeit – schnell zwee Billjetter unn's Geld fors Hütel – ach Gott, was hot de Philp gejuugst, wie er widder ganz beisamme war!

Dapper in de Zug – baufdich – abfahren!

Runner isch's schneller gange wie nuffzu, am halwer achte war'n se schun in Branneburg.

„Unkel, Hunger!" hot de Philp gsagt unn die Aage verdreht wie en gstochener Bock.

Unn wie sie in dem Hodell gegeniwwer vum Bahnhof gsesse waren, hot de Unkel glei die neischt Zeitung verlangt. Unn wie er gelese hot, daß de Dollar noch weiter nuff

uff zweeezwanzighunnerd gange isch, hot er sich uff die Knie gebatscht unn „bjudifull" gsagt.

„Philipp", hot er gsagt, „hier in Branneburg is es auch schön – wellwell, hier bleiwe'mer noch en Dag! Bestell der was Feins zu esse!"

Unn de Philp hot sich sei' Leibspeis, e Schweinekottlett mit gebrödelte Grumbeere unn Salat kumme losse.

Ihr liewe Leit, hot der Philp en Hunger ghatt! Der isch uff die Platt gsterzt – wie e gieriger Wolf uff e jung Schoof! Unn den Kottlettknoche hot er dorch die Zäh(n) gezoche – ihr liewe Mensche – knack – knack – knack des isch nor so gange, wie e Kaffeemühl! Wann'm de Unkel nit de Arm ghowe hätt, hätt' er'n meiner Seel noch mitverschluckt!

Armer Philp, des war e schweri Dhur! Dodefor henn se sich awwer am nägschte Dag in dem scheene Branneburg fei' ausgeruht. Bloß gut gesse unn getrunke unn korze Spaziergängelcher.

Owends isch's em Philp ei'gfalle, daß er doch die deheem verständige mißt, daß alles widder in Ordnung wär. Ihr liewe Leit, beinoh hätt er's vergesse. Unn er hot e Delegramm losgeloßt:

„Unkel isch widder do. Bhalten Eier Krete!"

VII. 's Delegramm

„Ach Gott, ach Gott, ich weeß nit, wie mir's heit isch! Seit ich den Brief vun unserm Babbe hab, daß er ins Hochgeberg geht, haw ich ke Ruh meh! Wann ich dra(n) denk, daß er's ganz Johr krext unn sagt, er wär so schwach uff de Bruscht – ach liewer Gott unn jetzert isch er uff ee(n)mol Hochdurischt ... ihr liewe Kinner, des geht nit gut aus!"

„Jesses, Mamme, hab doch ke Angscht!" hot do de Herr Kellerfenschter gemeent. „Denk doch norre mol ans Parkfescht, wie de Babbe de Lungeprüfer nuffgebloose hot unn wie's gheeße hot: Lunge wie ein Pferd! Mir isch ke Angscht!"

„Nee(n), nee(n), ich kenn mein Philp besser, zweedausend Meter hoch – ihr liewe Kinner, des geht nit gut aus! Ach Gott, wär er nor deheem gebliwwe!"

Sie war nit zu beruhige, die arm Bawett!

Unn jetz henn se aa noch so e schwerverdaulich Nachtesse ghatt, Grumbeeresalat mit Lewwerworscht, do schlooft mer so u(n)ruhig druff. –

Die Mamme hot sich heit im Bett vun eener Seit uff die anner gewergelt.

Liewer Himmel, hot se gedenkt, er hot mer jo schun manchmol die Höll heeß gemacht – awwer im Grund genumme isch er jo doch en guter Kerl, ich möcht'n nit verliere!

„Liewer Herrgott", hot se gseifzt, „helf mer doch, daß er widder ganz heem kummt!"

Sie hot ihr'n Philp in alle Situatione gsehne, bei dere scheele Bergbardie, vum Fuß bis an die Gippel. Unn je weiter se'n nuffkrottle sehne hot, je heeßer isch's ere worre. Abgründ unn Schluchte henn sich uffgedhue – s' hot se orndlich gschittelt. Unn schwitze hot se a(n)fange – wie wann's en selwer nuffhotzle mißt.

„Wann er nor widder deheem wär", hot se gegreint, „mir so Sorge zu mache!"

Unn endlich, endlich isch se doch ei'gschloofe. Awwer jetz hot der Grumbeeresalat mit Lewwerworscht erscht recht sei' Wirkung ausgeübt. Die hot gedräämt, die arm Bawett – ferchterlich!

Sie hot ihr'n Philp blutig unn verkratzt an so'me steile Felse nuffkrawwle sehne, e Seel um de Bauch unn en Mordspickel in de Händ. Bei jedem Stickele, wu er vorwärts kumme isch, hot se Dodesängschte ausgstanne. Unn wie er endlich drowwe war unn er isch uff dere Spitz owwe ghockt, so ehdärmlich, wie e Krott uff eme Scholle, do hot se gsehne, wie er uff ee(n)mol sei Händ lodder geloßt hot unn abgeritscht isch. Unn er isch nunnergekorgelt – ach liewer, grundgiediger Himmel – den hoche, hoche Berg in eenere Dhur! „Bawett, Bawett!" hot er als gekrische – unn im selwe Moment isch en Lärm dorchs Haus gange – ferchterlich!

Sie isch uffgewacht – ihr liewe Kinner, 's isch was bassiert!

Was war des? Die Schell an de Hausdheer hot gerabbelt in eem Stick fort.

„Was isch dann los? ... Jetz um die Zeit? Wieviel Uhr isch es dann? ... Halwer zwölfe! ... Ach Rösel, guck mol, ich zitter jo an Arm unn Bee(n)!"

Die Rösel hot zum Fenschter nausgeguckt. „Wer isch drunne?"

„E dringendes Delegramm!" hot's gheeße.

„Jesses, unser armer Babbe!" hot die Bawett gekrische. „Ich hab's kumme sehne!"

Unn wie se des Delegramm in de Hand ghatt hot unn hot gelese „– – – bin in großer Not, helfet!" hot se grad naus gegellert: „Philp, mei' armer Philp!" Unn isch umgsunke unn hot e Oh(n)macht kriegt.

Die Kinner sinn all im Hemb do rumgsprunge unn henn sich ken Root gewißt. Do hot ere die Rösel de nasse Wäschlumbe uff de Kopp unn Kölnisch Wasser unner die Nas ghalte, do isch se widder zu sich kumme.

„Ich muß zu'em!" war ihr erschtes Wort. „Ich alle(n) kann 'em helfe!" hot se gsagt. Unn dapper isch se de Speicher nuff unn hot's Wäschseel abg'henkt. „Waart numme, Philp!" hot se gegreint, „ich ziech dich schun widder ruff."

Unn e Lärm war in dem Haus – nit zu bschreiwe! Die Leit sinn zammegsprunge, die Frauenzimmer verstruwwelt unn in de Bettjäck, die Mannsleit barfießig unn bloß die Hosse a(n) – ach Gott, ach Gott, war des e Uffregung – grad wie in de Kriegszeit, wann als Fliegeralarm war!

„E U(n)glick im Hochgeberg ... Abgsterzt zweedausend Meter hoch owwe runner – ... De linke Arm unn's rechte Bee(n) ab ... Gschieht em recht, wär er deheem gebliwwe –" so isch's durchenanner gange die halb Nacht. Philp, Philp, do hoscht was a(n)gericht! – – –

„Wu kriegen mer dann norre das viele Geld her, for den Mann heemzuschaffe?" Die Bawett hot die Händ iwwer'm Kopp z'ammegschlache.

„Aa, Mamme", hot die Rösel gsagt, „mir verkaafen unsern neie Debbich widder, der schoofel Unkel isch jo doch durch, do brauchen mer'n nimmeh. Unn jetzt sinn doch die Preise so aarig gstiche, do kriege'mer minneschtens 's Dobbelte defor!"

Unn so war's aa. Die Bawett isch am nägschte Morge losgfeiert unn hot bei'me Möwelhändler ihr Debbich verkitscht – zehdausend Mark hot se gelöst.

„Jesses", hot se gsagt, „'s isch ke U(n)glick so groß, 's isch aach noch e Glick debei!"

Am eense middags war se im Zug gsesse, 's Wäschseel krampfhaft iwwer'm Aarm unn en Mordsschließkorb owwe im Gepäcknetz. Do waren drin: fimf Pund Verbandswatt, zwee Flasche Karbohl, dreißig Meter Wickelbinde, Heftplaschter – ihr liewe Leit, e ganz Sigarekäschtel voll – mer hätt e Kumbanie Soldate an alle Ecke unn Ende mit zubabbe kenne!

Unn Fressalie – ui-ui-uih! For en schwache unn for en gute Mage! Zwiebäckle, Hafferflocke, Pefferminztee, Schweizerkäs, Rollschinke, Ölsardine, liewer Himmel, for des Zeig isch jo's halwe Debbichgeld allee(n) druffgange!

Philp, Reschbekt, du hoscht e fürsorglichi Fraa!

Nachts am zehne isch se in Münche a(n)kumme unn hot glei nooch'm Hodell „Deutscher Kaiser" gfroogt. Dort hot se sich nooch ihr'm Mann erkundigt unn ghört, geschtert morge wären se weg gfahre nooch Branneburg unn nooch'm Wendelstein. Sie hätten am selwe Dag redur kumme wolle, wären awwer noch nit do.

Die Bawett hot sich e Zimmer gewe losse unn isch am nägschte Morge mit ihr'm Wäschseel unn 'm ganze Gepäck los nooch Branneburg.

Dort hot se glei die Alpevereinssektion mobil gemacht unn e Hilfsexpedition verlangt mit ere Tragbahr, ihr Mann wär abgsterzt uff'm Wendelstein. Der Fiehrer hot de Kopp gschittelt.

„Dös is nit mögli', dös hätt ma' scho' erfahrn!"

„Doch, doch", hot die Bawett gsagt. „Ich hab's jo gedräämt unn außerdem noch e Delegramm kriegt!"

Der Fiehrer hot nuffgetelefoniert uff de Wendelstein, awwer vum e alpine U(n)glick hot mer drowwe nix gewißt.

Awwer die Bawett hot sich nit letz mache losse, ihr Philp, hot se gsagt, dhet so ke Schnookes mache.

„Fahrn's halt mal selbst auffi und schaugn's nach. Wenn's was Schlimm's is, kenna's uns immer no' ruafn lassen!"

Des hot de Bawett ei'geleucht unn sie isch dapper nooch die Bergbahn gsaust. In finf Minute isch en Zug gange – nei' unn nix wie los!

Ach Gott, ach Gott, wu werd mei' armer Philp do owwe hocke? Was hot se sich Sorge gemacht do nuff zu unn so vergeeschtert die hoche Gippel a(n)geguckt! –

Unn de Philp? Der isch zur selwe Zeit heiter unn fidel mit'm Unkel im Schnellzug ghockt, for widder uff Münche zu fahre.

Wie se dort a(n)kumme sinn unn sinn in de „Deutsche Kaiser" nei', isch glei de Portjeh uff'n zugsterzt.

„Verzeihn S', die Frau Gemahlin is dagwes'n in großer Aufregung und is in der Fruah wiader abgereist nach Brannenburg."

De Philp hot gemeent, de Schlag trefft en. Er isch so weiß worre wie e Leinduch – wammer'n jetz gstoche hätt, er hätt kenn Troppe Blut gewwe.

„Unkel, Unkel", hot er gekrext, „Was bin ich en gschlachener Mann! Was fang ich nor mit dere närrsche Fraa a(n)?!"

„Hol se halt widder!" hot de Unkel gelacht.

„'s werd mer nix anneres iwwrig bleiwe! Unkel, geb mer Massemassem, ich geh ere nooch!"

Awwer am viere isch erscht widder en Zug gange, mit dem war er dann am siwwene in Branneburg.

„Jetz, wu suuch ich die dabbich Fraa?"

Philp, Du kummscht zu spät!

Die Bawett hot unnerdesse die ganz Gegend mit samt'm Gippel abgekloppt g'hatt – u(n)verrichter Dinge nadierlich. Dann ke Mensch hot was vum e U(n)glick unn vum e abgsterzte Pälzer in korzer Wichs gewißt. Do henn die Leit gsagt, sie sollt nor widder uff Richtung Münche zu reese, wann ihr Mann geloffe wär, mißt er jetzt grad dort sei!

Am sechse owends isch se im Schnellzug gsesse unn am halwer neune war se widder drinn im „Deutsche Kaiser".

Ach Gott, ach Gott, war des e Plässier, wie se den Unkel vun Amerika do gsehne hot! Sie isch'm um de Hals gfalle unn hot'n verschmatzt – meiner Seel, noch ärger wie de Philp, wie er'n drowwe im Hochgeberg widder gfunne ghatt hot.

„Wu isch dann mein Philp?" hot se in eem Stick fort gfroogt.

„Ja, der is zurick nach'm Wendelstein, um dich zu suche – ollreiht!"

„Ach Gott, do muß ich jo nooch!" hot se gekrische unn glei noch'm Bah(n)hof sterze wolle, awwer de Unkel hot se am Arm gepackt.

„Bawett", hot er gsagt, „hier bleibste! Ihr dheten ja enanner nachsause, wie Kriminaliste auf Schwerverbrecher unn kämen doch nie zusamme! – Werrywell – das is mir zu dumm! Dein Philipp ist gesund – wellwell – morge is er widder hier, dann hast'n – ollreiht!"

Unn wie se alles verzählt kriegt hot unn wie se mol orndlich gedoofelt henn – siwwe Gäng for en Zehtel Dollar – do isch se widder ruhiger worre.

Alle Züg vun Rosenheim hot se am nägschte Dag abgebaßt, endlich, endlich, middags am viere isch er kumme. Des war e Gaudi!

„Mei' liewer Philp!"

„Mei' liewi Bawett!"

Hm, hm, hm! Mer hot nit gemeent, daß die alte Schoote schun zwanzig Johr verheirat waren. Die sinn jo anenanner ghanke – e Vertelstund lang! Unn henn als 's Heile unn Lache in eem Säckel ghatt unn sich verdrickt unn verschmatzt wie e glühdig jung Brautpäärle, wu sich vier Woche lang nimmi gsehne hot.

„Na, jetz is es awwer genug – wellwell!" hot de Unkel gelacht.

Endlich sinn se ausenanner. Awwer die Händ henn se noch nit lodder geloßt.

Do sieht mer halt doch, daß so e echti pälzischi Liebschaft nit roschte dhut – trotz acht lewendige Kinner unn drei zukimftige Schwiegersöhn!

VIII. Heemzu

„Unkel, was mache'mer jetzert?" hot de Philp gfroogt, wie
se im Hodell a(n)kumme sinn. „Mei' Zeit isch doch längscht
rum, misse'mer heem odder langt's noch for een Dag? Jesses,
wann nor mei' Bawett des scheene Münche aa noch e bissel
a(n)gucke könnt, die isch jo noch nit hie gewest!"

De Unkel hot widder die nei' Frankforter verlangt unn
de Korszettel studiert. Unn er hot glei gegrinst unn „oll-
reiht" gsagt.

„Alti", hot de Philp seinere Fraa zugebischbert, „de Dol-
lar isch noch nit runner, er hot „ollreiht" gsagt. Werscht seh-
ne, mer kriegen'en dra(n)!"

Unn so war's aa.

„Philipp", hot der gsagt, „mir fahren erst iwwermorgen
nach Haus. Dei' Frau soll hier für die Angst entschädigt
werde. Mach's Programm, mir machen uns morgen en
scheene Dag, wellwell!"

„Ja, Unkel", hot de Philp gsagt unn sich hinner'm Ohr
gekratzt, „die Bawett kann awwer in der Uffmachung do nit
in Münche rumlaafe. Guck emol, mir dheten uns jo blamie-
re iwweraal! Alti, wie kannscht aa so kumme in dem alte
Umhängsel do unn mit dere abgschossene Blus', liewer Him-
mel, unn noch den verdrickte Schawwesdeckel dezu – sol-
len dann alle Leit merke, daß d' vum kleenschte Dörfel aus

de Palz stammscht?! Guck emol mich a(n), ich bin uffgschnickelt wie n' Büchsespanner vum alte Prinzregent. Bäwwele, des geht nit, so häng ich mich nit ei' mit der!"

„Ach Gott, Philp, ich hab jo nit gewißt, daß d'dich so maskiert hoscht – was mache'mer dann do?"

„Aa du muscht halt genau so uffgedackelt sei', dann basse'mer zamme ... Unkel", hot er gsagt, „kaaf doch mein're Fraa so e allbayrisch Dirndlkleed – Herrgott meh Plässier könnscht dere Fraa doch nit mache!"

„Inja, Unkel", hot die Bawett gsagt unn hot'm sei' Hand gedrickt.

De Unkel hot e bissel die Stern in Falte gezoche unn unner seinere Brill die zwee begehrliche Verwandte gemuschtert.

Awwer wie die en so treiherzig a(n)geguckt henn wie so zwee junge Hundelcher, hot er lache misse unn „wellwell" gsagt.

Also war's abgemacht!

Unn sie sinn schnurstracks nei' zum Owwerpollinger unn henn e echti oberbayrischi Tracht for die Bawett verlangt.

Unn's deierscht henn se genumme – ihr liewe Leit, was henn dere Fraa ihr Aage geglänzt – wie Karfunkelstee(n) im Offeloch!

E feines schwarzes Samtmieder mit Silwerschnür hot se kriegt – ach Gott, wie zart war des Stöffel, wie e Fell vum e Kätzel! Dann e korz bloo Röckel mi'me dunkle Plüschstreefe unnerum, dann es feines Buseduch mi'me Rosemüschterle drin, ach Gott, ach Gott, wie goldig! Dann weiße Strimp, schwarze Schnalleschuh unn zum Schluß 's allerschenscht: so e flaches grasgrienes Schlierseer Samthütel mi'me Adlerflaum dra(n). De Philp war außer sich vor Plässier.

„Fräulein", hot er gfroogt, „kammer sich do glei umzieche?"

„Gwiß, dös könna's scho'! Gnä Frau, bitte!"

Unn glei isch die Bawett newe nei' unn isch e Vertelstund druff dreißig Johr jinger widder raus kumme.

„Kichelwetterhambach", hot de Philp gegrinst, „mer meent, du wärscht beim Professor Steinach gewest, – Alti, jetz bischt e richtigs Dirndl!"

Awwer die Bawett hot sich scheniert. „Liewer Gott, Philp", hot se gsagt, „ich schäm' mich jo, mit dem korze Röckel, ich kumm mer grad vor wie e Kellnermädel vum e Schitzefescht!"

„Was?!" hot de Philp gelacht. „Jetz hoscht erscht die richtig bayrisch Fassohn. Jetz heeßt's norre aach die richtig Benemmidät dezu, dann merkt's keen Deifel, daß mer nor maskiert sinn. Baß mol uff!"

Unn er hot se am Aarm gepackt unn hot sei' Deckele gschwenkt. Unn hot emol kräftig gsunge:
„Holderräh – i – joh,
Wenn der Auerhahn balzt!"

Jerem, was henn do die Leit gelacht! 's ganz Kaafhaus isch z'ammegeloffe.

Unn de Philp hot weiter gemacht:
„Holderräh – i – joh,
Wenn der Kohlbauer schnalzt!"

Unn hot sei' Deckele dezu in die Höh gschmisse, daß es nuff gfloche isch bis an die Deck.

Dann hot er sei' Alti an de Hüfte genumme unn hot se zwee Meter hoch gschlenkert, daß des neu Röckel gfloche isch – grad wie in de letschte Dhur beim Schuhplattler. „Juchhu!" hot er dezu gejuugst unn alle Leit henn „Brawo" geklatscht.

Des war e Gaudi – alles war ewegg!

„Wo san die zwoa her?" hot mer gefroogt.

„Aus de Palz!" hot de Philp gekrische, unn als weiter gejoodelt.

„Jessas, Jessas, na", hot's gheeße, „san dös kreuzfüdölle Leit – die Pfalz, dös muaß a Landl sei', da schau' her!"

„Alti, mer henn Effekt gemacht", hot de Philp seinere Fraa zugeduschelt, unn sie henn Spießrute laafe misse dorch all die viele Mensche, wu die zwee luschtige Pälzer sehne wolle henn. „Aff Wiaderseng" unn „Vüll Vergnügn!" so isch's gange in eenere Dhur, bis se draus waren. Unn de Unkel isch hinnenooch, so stolz wie en Bärefiehrer, wu sei' schenschte Viecher mit alle Kunschtstickelcher gezeigt hot.

„Unkel, was meenscht?" hot de Philp draußе gelacht.

„Bjudifull, mer kann eich sehe lasse!" – – –

Des war noch en Dag in Münche – ihr liewe Mensche, der närrsch Philp war außer Rand unn Band! Alles hot er seiner Bawett zeige misse unn der alt Unkel hot als mit gemißt. Mit de Weißwerscht im Franziskaner isch's morgens a(n)gange, unn bei de „Dachauer" im „Platzl" hot's owends uffgheert. Ach je, was hot die Bawett sich gfreet iwwer dem Philp sei Unnernemmungsluscht – mit alle Leit hot er angebandelt unn sei' Fraa vorgstellt. Des wär se jetzert, hot er gesagt, die Bawett aus Ludwigshafe.

„So, so", henn als die Zwockl mit ihre dicke Häls gewackelt, „mer siecht's!" Unn eener hot sogar gemeet: „Ganz genau so hob i mir's vorgstellt!"

Unn vun dem viele gute Bier isch die Bawett so luschtig worre, sie hot gelacht in eem Stick. Unn debei hot se als Angscht ghat, ihr Schlierseer Hütel ritscht runner. Stännig hot se die Hand am Kopp ghat. „Ihr liewe Kinner", hot se als gelacht, unn als de Schlickser debei ghatt, „ich wills doch ganz heem bringe!"

Unn wie die Dachauer de Schuhplattler gedanzt henn, hot ere de Philp en samfte Bumber gewwe.

„Alti", hot er gsagt, „baß uff, den misse' mer deheem aa runner reiße!"

Unn die Bawett hot mit'm Kopp genuckt. „Ich kann's glei", hot se gsagt, „awwer ich meen, du mit dem Stiffelsohlebatsche, do happert's ehnder!"

De Philp hot sich des nit umesunscht sage losse. Dann wie se ins Hodell kumme sinn, hot er als noch den Schuhplattler browiere wolle.

Die Bawett war schun längscht im Bett unn hot als rausgelacht, wie der Mann sich die Dodsche verschlache hot.

„Philp", hot se gsagt, wie's emol een Uhr war, „ich erleb's, daß de Hausborsch noch ruff kummt, unn schmeißt dich zu de Wertschaft naus, mit deim Lärm do!"

Unn werklich hot ewe eener mi'me Besestiel an die Deck gekloppt. Do isch'r awwer ins Bett gfeiert.

„Gut Nacht, Philp!"

„Gut Nacht, Bawett!"

Gottseilowendank, daß des Münche ball e End hot. Der Mann dhed noch ganz iwwerschnappe! – – –

Am nägschte Morge am achte war Abfahrt unn am viere middags waren se in Ludwigshafe. Die Bawett hot ihre Kinner e Poschtkaart gschriwwe g'hatt, daß se um die Zeit kämten unn zwar gsund unn munter …

Unn vollzählig waren se uffm Bahnsteig gstanne: Die Rösel, die Marie, die Regine, de Schorsch, de Benedikel, die Binche, 's Linale unn de Kaalche! Halt noch drei, die zukinftige Schwiegersöhn, de Herr Kellerfenschter, de Herr Daabheiser unn de Herr Finkebach. Unn all henn se Blumesträuß in de Händ ghatt, so groß wie Waggeräder.

Des war e Uffregung – herrjeh, herrjeh, mer kann's jo nit bschreiwe! Minneschtens zweehunnerd Kiß sinn ausgedeelt worre.

„Babbe, Mamme, Mamme, Babbe!" Unn was henn die Kinner Aage gemacht iwwer die Koschtimer!

„Ach Gott, Mamme", hot die Rösel gsagt, „schämmscht dich nit mit so'me korze Röckel do?"

„Ach Gott, nee", hot die Mamme gelacht, „do iwwe laafen jo alle Leit so rum, do sieht mer's aa, daß ich e Rees ins Bayerisch gemacht hab!"

Am meischte Plässier hot de Kaalche iwwer'm Babbe sei' korzi Wichs ghatt. Er hot glei' mit'm ganze Kopp im Babbe sei Hossebee(n) neischluppe wolle unn hot als sei' blodde Knie verkißt.

„Kaalche, mei' liewes Kaalche!" hot'n als de Babbe gstreechelt. Er isch'm nimmi vun de Seit.

Wie se iwwer de Viadukt sinn, isch glei e ganzi Herd fremde Kinner noochgeloffe.

„Au, gucken emol", hot's gheeße, „'s Schlierseer Bauretheater kummt widder!"

Wie se heemkumme sinn, war iwwer de Hausdher e Schild mit Girlande ghanke unn druff war gstanne:

„Herzliches Willkommen dem Onkel aus Amerika!"

Do hot er awwer gspitzelt, der alt Mann! „Bjudifull", hot er gsagt, „wer hat das gemacht?"

„Ich!" hot der Herr Kellerfenschter gekrische.

„Werrywell, ich will's nit vergesse!"

Unn drinn war de Kaffeedisch schun gedeckt, unn 's hot so gut geroche nooch Bunt, Kranz unn Quetschekuche.

„Aah!" hot de Philp gsagt, „deheem isch deheem! Herrgott, mei' Rösel isch nit zu bezahle!"

Unn selbscht de Unkel hot sich wohl gfiehlt.

„Philipp", hot er gsagt, „was freu ich mich jetz auf die gemietliche Dage bei eich!"

Unn hot als ee(n) Stick Kuuche nooch'm annre nei'gschowe.

„Alti", hot de Philp gebischbert, „schenk 'em nor orndlich Kaffee ei', werrscht sehne, er leddert doch noch!" – – –

Unn dann hot de Philp sei' Mitbringsel verdeelt. Awwer do hot er wennig A(n)klang gfunne. Die Kinner henn die Hoorbüschel an die Nas ghowe unn's Gsicht verzoche.

Johannes? ... Judas? ... Simon? ... – was soll des heeße? Isch des aa ebbes wert?

„Was?" hot de Philp gsagt. „Echte Oberammergauer Kinschtlerhoor, ich hab se selwerscht abgeschnitte, – ihr sollen die Schwernot kriege! Aa die henn emol en Wert, des kann ken Mensch bezahle!"

Awwer die henn's nit recht glaawe wolle unn henn die Benselcher verächtlich uff's Kummod gelegt.

So isch se, die modern Jugend, was mer nit esse odder a(n)zieche kann, gelt nix!

Doch wie de Philp gemerkt hot, daß die Stimmung e bissel abflaut, hot er gsagt: „Ihr Kinner, bassen emol uff, ich hab was Neies gelernt!"

Unn dann hot er die Schnookes vun de „Drei Löwe" vorgemacht. „Ich bin halt der Stolz von der Au" unn weeß de Deifel, was noch alles.

Do sinn se awwer uffgedaut.

Unn dann isch die Stubb ausgeraamt worre unn de Babbe hot en Schuhplattler vorgepiffe. Unn de Herr Kellerfenschter hot dann mit seine Mundharmonika den Danz noochspiele misse.

Unn dann hot de Philp de Wammes aus unn sei' Fraa gepackt. Ihr liewe Leit, do hot die ganz Stubb gewackelt!

Die henn Schuhplattler gedanzt, die zwee alte Schoote – meiner Hachel, wie zwee verrichtige Schlierseer.

„Ach Gott, Babbe, wie schee(n)!" henn die Kinner gejuugst. Unn de Philp hot sich nimmi gekennt vor Stolz.

„Gellen ihr Kinner, ich kann mich sehne losse?" Unn hot als vun neiem uff sei' Knie unn Stiffelsohle gebatscht, unn zwar so fescht, daß' noch vier Woche lang sei' Fingerspitze grie(n) unn bloo waren.

Was halt de Philp macht, des macht er verrichtig!

IX. Uff'm Derkemer Worschtmark

Mer hot in de Zeitung gelese, daß am nägschte Sunndag de Derkemer Worschtmark mol widder richtig nooch altem Herkummes gfeiert werre soll.

Em Philp isch's Wasser im Maul z'ammegeloffe. „Bawett", hot er gsagt, „des wär was, wu sich de Unkel mol a(n)stännig rewa(n)schiere könnt'! Wann der uns allminnanner mit uff de Worschtmark nemme dhet, ei, ei, ei, des wär e Vergnieche! E besseri Gelegenheit, for um emol orndlich unnerm Pälzer Volk zu sei', gäb's jo gar nit for den Mann!"

Doch die Bawett hot die Nas nuffgezoche.

„Philp", hot se gsagt, „ich weeß nit, in dere böse Zeit, wu alles jammert, daß es hinne unn vorne nit langt, unn jetz aa noch uff so e Fescht fahre, wu bloß gfresse unn gsoffe werd – mit Respekt zu sage! – damit die Leit amend meenen, mir dheden aa zu dem gottverlossene Schiewerkoores ghöre – Philp, Philp, ich mißt mich schämme, wammer mich dodrum a(n)gucke dhet!"

„Was?!" hot de Philp gsagt. „Wann's nix koscht! Aa, ich glaab, dir rappelt's! Mir verbambutschieren doch nit unser Geld, sondern em Unkel seins! Waart numme, mir lossen's schun die Leit wisse, wer's laafe loßt!"

Nooch vielem, vielem Zuredde hot se endlich klee(n)laut beigewwe. „Meintwege!" hot se gsagt. „Sag's em halt! Du kannscht jo nit genunk kriege!"

Sie henn e gut Middagesse gekocht unn wie de Unkel fertig war, unn hot so bummadisch sein Schnorres abgebutzt, odder vielmehr den Platz, wu de Schnorres sei' soll – dann er war jo glatt rasiert – do isch de Philp an'en gerickt.

Zum Glick isch de Dollar heit widder fuchzig Punkte nuff unn do hot er'm glei die Zeitung in die Hand gewwe. De Unkel hot nei'gegguckt, unn hot glei druff so en freindliche Gesichtsausdruck kriegt.

Jetz hot de Philp losgschosse unn vum Worschtmark a(n)gfange.

De Unkel hot sich hinner'm Ohr gekratzt.

Awwer do hot de Philp gemeent, er wollt jo doch noch in die Pfalz fahre, for was noch so lang waarde, des wär jetz de beschte A(n)fang!

Do hot seller nochmol dapper de Korszettel gemuschtert unn hot „ollreiht" gsagt.

„Abgemacht!" hot de Philp gegrinst. „Am Sunndag middag am eense geht's los!" – – –

De Unkel hot for die Fahrt een Dollar hergewwe – soviel werd u(n)gfähr e Faschtebrezel in Nujork koschte – unn dodermit isch de Philp glei zu de Rheinhaardtbahn gsprunge unn hot en Extrawagge bstellt.

Unn er hot'n kriegt – meiner Seel – en Extrawagge vun Ludwigshafe bis uff Derkem for verzeh' Köpp!

Sie henn sich awwer aa dick gedhue, wie se am Sunndag middag losgezoche sinn! 's war de reinschte Feschtzug vun de Wohnung bis zur Haltestell am Marktplatz. De kleene Kaalche isch vorne naus unn hot e Schildel uff ere Stang getrage unn do druff war gstanne:

De Unkel vun Amerika bezahlt heit!

„Bisch jetz zufriede?" hot de Philp gelacht.

„Jetz brauch ich mich nimmi zu schämme", hot die Bawett genuckt.

Unn doch henn alle Leit die Köpp zum Fenschter rausgstreckt unn henn uff se geditte. Ke Wunner, wammer in so'me Uffzuch am hellichte Dag dorch die Strooß geht.

Sie henn all zwee ihr allbayrischi Mondur a(n)ghatt, de Philp sei' korzi Wichs, iwwer de Bruschtkaschte die gstickte Hosseträger „In Treue fest" – blodde Knie nadierlich aa! Die Bawett ihr korz bloo Röckel, weiße Strimp, Schnalleschuh, blodde Äärm, 's grie(n) Schlierseer Samthütel uff'm Ohr – korzum ganz genaa wie in Münche!

Glaawen'er jetzt, daß die Leit geguckt henn? „Fasenacht!" henn se gekrische unn henn sich in die Händ gebatscht vor Vergnieche.

„Wammer nor ee(n)mol in dem Wagge hocken!" hot de Herr Kellerfenschter gemeent. „De Worschtmark geht jo hie schun a(n)."

Geduld, ihr Kinner, des war noch gar nix. Die Fahrt isch großaardig verloffe unn so kummod! Ken Deifel hat gedrickt heit. De Philp war dogsesse, breetspurig, die zwee Händ uff sei'm Stock gstitzt unn hot gstrahlt wie en Dreckkaschte.

„Na, wie meenen'er jetz?" hot er gsagt. „War des kee(n) Idee?"

In kaum ere Stund waren se in Derkem. De Unkel hot „ollreiht" gesagt unn hot'm Fiehrer fimf Mark Trinkgeld gewwe. Seller hot's gar nit nemme wolle, he? so e Haufe Geld fahre zu losse. –

Des war e Ereignis, wie de Philp mit seiner Bawett uff'm Worschtmark erschiene isch!

„Hurrah!" henn die Leit gekrische, „de Kneis'l mit seinere Zenzi kummt!"

Unn in so're große Wei(n)hall waren se glei so närrisch unn henn se all zwee uff de Schultre trage wolle. Do hat sich awwer die Rösel gewehrt. „Lossen doch mei' Mamme gehe!" hot se gegreint. „Die hot's doch an de Nerve unn kann des nit vertrage!"

Do henn se endlich losgeloßt.

Unn wie se e Stickl weiter sinn, hot's uff ee(n)mol
gekrische: „Philp, Philp, witt uffdrete heit?" De Schneider
Andrees vun Ludwigshafe war's mit seine Kumbane.

Ihr liewe Leit, war des e Gelächter! De Philp unn die Bawett
henn sich rumdrehe misse nooch alle Seite, unn selle henn
sich als de Bauch ghowe unn die Träne gewischt vor Lache.

„Ihr Kameeler", hot de Philp gsagt, „hören doch ee(n)mol
uff! Mir kummen doch direkt aus'm Allbayrische!"

„Mer sieht's, mer sieht's!" henn selle als weiter gedobt.
„Ihr seid die zwee Schönschte vum ganze Worschtmark!"

„Was ich aa glaab!" hot de Philp gegrinst. „Jetz machen
emol Platz, mir wenn uns aa setze!" Unn de Philp hot de
Unkel vorgstellt unn do isch gerickt worre – bauf dich, wa-
ren se g'sesse alle minand, de Unkel owwe an de Kant am
Ehreplatz!

Unn seller hot heit die gute Hosse a(n)ghatt unn hot Wei'
bstellt – verzeh hoche Glässer voll – ihr liewe Leit, do henn
die Mäuler getropst! Unn de Kaalche hot fortspringe misse
unn achtezwanzig Werschtle mit Weißbrot hole misse, e ganzi
Kapp voll hot er gebroocht. Do hot's emol Ruh gewwe e
Vertelstund lang, bis des alles verdrickt war.

Unn de Unkel hot sei Studie gemacht iwwer die viele
ausgelossene Mensche, unn hot zum Philp gsagt:

„Deitschland isch noch nit am End!"

„Unkel daisch dich nit!" hot de Philp gemeent. „Des do
isch's deitsche Volk noch lang nit! Was meenscht, frieher
waren annere Leit hie uff'm Worschtmark, die sieht mer jetz
all nimmi do – die Beamte, die kleene Rentner, die alte
Pensionischte unn so viele ärmere mittlere Bergersleit, die
kennen sich des nimmi leischte! – E manche sinn zwar aa
widder do, wu sich sagen, 's Spare hot doch ke Wert, s' geht
jo doch zum Deifel, mache' mer uns noch en scheene Dag –
unn die henn aa widder recht, 's Lewe isch so korz!"

„Wellwell!" hot de Unkel genuckt unn hot widder e
Schlickel genumme.

Awwer mer hot nit lang simeliere könne, dann de Truwel war immer ärger. Die Musik hot gspielt in eenre Dhur unn gedanzt isch worre, Foxtrott, Schimmy, Onstepp, all des moderne Lumbezeig. Do hot's de Philp in de Fieß gejuckt.

„Bawett, mol raus!" hot er gsagt. „Denne will ich's emol weise!"

Unn er hot emol e Extradur verlangt unn hot die alte Pälzer Dänz mit seinre Fraa gezeigt: „Herr Schmitt, Herr Schmitt, was kriegt des Mädel mit?" unn „Willewick-

bumbum, Willewickbumbum, die Liewe bringt die Weibsleit um!" –

Do hot de Beifall nimmi uffhöre wolle. Des war doch annerscht wie die scheele Schneckedänz. Unn dann hot er noch als Drei(n)gab en echte Schuhplattler runnergerisse, unn wie er die Bawett hochghowe hot unn die Röck sinn so gfloche wie bei'me Fallschirm – do henn die Leit gedobt vor Vergnieche, ‚Brawo! Brawo! Brawo!" – 's hot nimmi uffghört.

Unn dann hot de Philp Solo gsunge unn zwar des neie Wei'lied vom 1921er unn alle Leit henn de Refrain mitgsunge:
„Liewer Gott sinn mir so froh –
holdrioh, holdrioh!"
Unn wie de Schlußverscht kumme isch:
„Pälzer Brieder, bleiwen eenig,
Bleiwen deitsch, so fescht wie heit!
Unser Wei' isch unser Keenig,
Unn der bleibt's in Ewigkeit!" –
Herrjeh, war des e Begeischterung! De Philp hot de Vochel abgschosse.

Nadierlich sinn aa die Schoppegläser ständig noochgfillt worre unn en Damp hots gewwe – ihr liewe Mensche! Die Bawett hot gschnauft, de Philp hot gschnauft, de Unkel hot gschnauft, die acht Kinner, die drei Schwiegersöhn – gewittel, was isch do der Odem so feurig gange!

Unn uff ee(n)mol wars zehne owends unn sie henn losgemißt. Unn wie se glicklich vor'm Bah(n)hof gstanne sinn unn henn ghört, daß grad de letschte Zug geht, sinn se dapper nei'.

„Gottseilowendank!" hot die Bawett gstöhnt unn hot die Aage zugedrickt. Herrgott, was macht eem der Wei' zu schaffe! Unn wie se iwwer Freensem draus waren, hot se mol de Kopp zum Kubbeefenschter naushenke misse, dann 's war er so waarem do hinn. Unn wie se gege Weiserem kumme sinn unn 's Zügel isch so fescht um die Kehrt gange, hot se gekrische: „Ach Gott, mei Hütel!" – Bauf, fort war's!

„Ach Gott, ach Gott, ihr Kinner!" hot se gegreint. „Helfen mer doch – mei schee(n) grie(n) Hütel isch fortfloche!"

Unn do isch de Philp lewendig worre. „Ziech doch die Notbrems!" hot er gsagt. „De Unkel bezahlt's jo!" Unn er hot de Unkel gstumbt unn hot gfroogt: „Gell, mer kenne se zieche?" Unn seller hot in seim Dormel nit gewißt, um was 's sich hannelt unn hot „wellwell" gsagt.

„Ihr Kinner, dewedder!" hot de Philp gekrische. „Er hot „wellwell" gsagt!" Unn zu dreizehnt sinn se uffgsaust unn henn sich an die Brems owwe ghenkt – ihr liewe Leit des hot gelangt! Gepiffe hot's unn bauf – ghalte!

Die Bawett isch glei die Dher nausgsterzt unn de Rech nunner, for ihr Hütel zu suche.

Des war e Uffregung in dem Zug – ihr liewe Mensche! De Zugführer isch kumme unn hot e Brodekoll gemacht. Unn wie er ghört hot, warum se ghalte henn, hot er gsagt: „Ihr kummen mer grad recht!" Unn hot gepiffe unn isch losgfahre – uhne die Bawett. Ach Gott, ach Gott, war des e U(n)glück! Die Kinner henn Zeter unn Mordio gekrische unn henn gheilt deheem, daß 's Wasser zu de Stuwwedher nausgeloffe isch.

„Hawwen numme Geduld!" hot de Philp gsagt. „Morge frieh kummt se schun widder!"

Awwer wie's mol neune morgens war unn sie war noch nit do, hot er sich en Bolizeihund gelehnt unn hot se suuche wolle. Doch grad wie er zu de Dher nauswill, isch se dogstanne – leicheblaß, mied, verhetzt unn keen Absatz meh an de Stiffel. Unn gegreint hot se, ihr liewe Kinner! Sie hot laafe misse vun Weisrem bis heem, weil se doch ke Geld bei sich ghatte hot. Awwer 's griene Hütel hot se debei ghatt. Im Dunkle hot se's nit gfunne, sie war die ganz Nacht im e Bah(n)wartshäusel gsesse unn erscht am Morge hot mer's entdeckt. Ganz owwe uff ere Telegrafestang isch's ghanke.

De Wind hot's nuffgebloose ghatt. En Arweiter isch mit Steigeise nuff unn hot's ere widder gholt. Zweehunnerd Mark hätt er defor verlangt, do hätt se die Rechnung!

Ach Gott, was henn se all gegreint, wie se des ghört henn!

So isch, wann die arme Leit mol uff die Kerwe gehen, des geht gewehnlich nit gut aus!

X. Im Heimatdorf

Nooch dem veru(n)glickte Worschtmarksausflug unn wie des viele Geld for die Notbrcms zu zahle war, isch de Unkel e bissel zurickhaltender worre. Er hot den ganze Dag nix meh geredd. Awwer do hot die Bawett mol orndlich in de Schmalzhaffe nei'gelangt unn hot ihr beschti Spezialidät – Dampfnudle mit Vanillsoos fawriziert – ihr liewe Kinner, do hot's Animo gewwe! De Unkel hot eeni nooch de annere verdrickt unn „ollreiht" – „bjudifull" – unn „werrywell" isch's in eem Loch fort gange. Des gäb's in ganz Amerika nit, hot er gsagt unn hot sich als die Stern abgedrickelt.

Hernodert isch de Philp widder mit de Zeidung kumme, „Das rapide Sinken der Mark" war do owwedriwwer gstanne. Do hot sich de Unkel uff die Knie gebatscht unn hot gschmunzelt: „In Deitschland is es doch schön!" Jetz war alles widder gut.

„Philipp", hot er gsagt, „am Sonndag fahre mer nauf in meiner unn deiner Mutter ihr Heimat – ich kann nimmer länger warte, ach was zieht's mich dorthin – wellwell!"

„Werd gemacht, Unkel!" hot de Philp gsagt unn am Sunndag morgend am sechse sinn se los, sie zwee alle(n), damits jo ke Huddel meh git.

Mit'm Schnellzug sinn se bis uff Landag unn vun dort mit'm Poschtauto nooch Eschbach. De Philp hot de Unkel 's allererscht uff die Madeburg fiehre wolle, odder uffs Eschbacher Schloß, wie sei' Mutter selig immer gsagt hot. Dann vun dort hot mer alles so schee(n) iwwerblicke könne.

Ach, was hot der alt Mann gezittert, wie er in die Gegend kumme isch! De ganze Berg nuff hot er sich die Aage gewischt unn hot gsagt: „Philipp, Philipp, wie oft bin ich als Kind da rauf gsprunge unn wie oft waren mei' Eltre debei, an Oschtere unn Pingschte, wammer uns en scheene Dag mache wollten!"

Unn wie se drowwe waren unn sinn uffm Altan vun de Burg gstanne unn henn des scheene Land gsehne, herrjeh, war des e Begeischterung! De Unkel hot die Ärm ausgebreit unn hot in eem Stick fort gerufe: „Mei' liewi, liewi Heimat!"

Wahrhaftigengott, des isch e Stick Paradies! 's war e wunderbarer Herbschdag. Die Sunn war so wohlgfällig uff dere herrliche Landschaft geleche, unn 's hot geglitzert an alle Ecke unn Ende. Unn so klor war die Aussicht – mer hot gsehne bis niwwer an de Rhei'.

„Unkel, do guck, wie alles so sauwer do licht: Göcklinge, Klingemünschter, Leinsweiler, Landag unn ganz do iwwe so nei'geguschelt – ach Gott, siegscht's: dei' Heimatdörfel!"

De Unkel hot's schun längst entdeckt ghatt, dann er hot's Sackduch nimmi vun de Aage weggebroocht.

Er hot niwwer gedeit uff sellen Kerchtorm unn hot gsagt:

„Ach Gott, mei' Kirch, wu ich als Kind immer war unn wu ich gedauft unn kunfermiert worre bin!"

Was hot den Mann des a(n)gegriffe! Doch uff ee(n)mol isch er ruhiger worre. Die Kercheglocke henn jetz all do ruffgeklunge unn sie waren all zwee still do gsesse unn henn als do nunner geguckt.

Do drunne des reiche Land – so fruchtbar unn so wohlgeordent – ach, was hot des em Aag so gut gedhue! Dezu die Erinnerung an all die scheene Jugenddage, wahrhaftig, mer hot werklich Feierdag halte kenne!

Minneschtens e Stund sinn se gsesse, uhne e Wort zu redde. Doch uff ee(n)mol hot de Philp uff die Uhr geguckt unn gemeent:

„Unkel, mer missen weiter!"

Unn de Unkel hot mit'm Kopp genuckt unn hot ganz leis „wellwell" gsagt.

Unn aach den ganze Berg nunner isch kee Wörtel meh geredd worre.

In Eschbach henn se e bissel was geknuschbert unn e halb Schöppel Wei' dezu gepetzt unn dann isch's weitergange. Als uff Feldwege an Wingert, Wisse unn Äcker vorbei. Alle Bääm henn sich geboche vun lauder Obst – die scheenste Äppel unn Beere, wu mer nor sehne will. Un unner de Bääm isch noch emol soviel gelegge.

„Herrjeh", hot de Philp gsagt, „wammer bei uns nor des hätt, wu do kaputt geht. Mir in de Stadt kriegen nix zu kaafe!"

Unn der Reichtum in denne Wingert! Hm, hm, hm – sie henn als de Kopp schittle misse, do waren jo meh Trauwe dra(n) wie Blätter!

„Philipp" hot de Unkel gemeent, „da kriegste Wein zu trinke!"

„Wann d' nor wüscht!" hot de Philp gsagt. „Uns werd's Maul sauwer ghalte. Je meh's git, je wenniger kriegen mir Pälzer zu trinke. 's werd alles aus de Palz nausgschleeft zu Wucherpreise. Wersch schun sehne!"

Wie se e Stindel weiter gedippelt sinn, war de Kerchtorm vun ihrm Dörfel ball zum Greife so noh. Unn uff ee(n)mol war'n se am e Acker gstanne, do hot de Unkel gsagt:

„Der hot mei'm Vatter ghört!"

Unn er isch als stehe gebliwwe unn hot uff des Land geguckt. Er hot sein Vatter selig, den kräftige Bauersmann, do driwwer gehe sehne, wie er den Bodde zackert, die zwee scheene Fichsle, de „Fritz" unn die „Schulma" am Plugg! Unn er hot gemeent, er mißt en rufe höre: „Hü! ... Hott! ... Haarum!"

Unn de Unkel hot sich gekniet unn hot des Land verkißt. „Mei' liewi, liewi Heimat!" hot er gsagt unn hot widder gegreint.

Unn sie sinn weiter unn fimf Minute druff waren se im Dorf. Alle Leit henn die Fenschtere uffgerisse unn doch hot se niemand gekennt. Dann nähere Verwandte waren jo nimmi do.

De Unkel isch mit zweeezwanzig Johr seiner Zeit fort unn sei' Eltere waren längscht dod. Er hot nor ee(n) Schweschter ghatt unn des war em Philp sei' Mutter. Unn die hot seiner Zeit aach in die Stadt gheirat ghatt unn zwar en Beamte, wu nix dehinne unn devorne war. So isch sei' Elternhaus do howwe nooch 'm Dod vun de Mutter versteegt worre unn fremde Leit sinn in den alte Familiebsitz kumme. Ach Gott, ach Gott, jetzt war er deheem unn doch fremd!

Unn wie er vor dem große scheene Haus gstanne war unn unner dem freindliche fränkische Dhorboge, hot er ge-zittert an Aarm unn Bee(n).

„Philipp", hot er gsagt, „geh du eweil in die ‚Kron' unn wart dort auf mich! Ich muß allei' nei'!"

Unn er hot uff die Klink gedrickt unn die Schell hot owwe gerappelt – grundgietiger Gott – genau noch so wie vor fuchzig Johr! 's isch em dorch Leib unn Seel gange.

Unn er isch zu denne fremde Leit nei' unn hot sein Name genennt unn hot gfroogt, ob er nit emol durch's Haus gehe dirft, er wär doch do gebore.

„Vun Herze geeren!" hot's gheeße unn er isch nei'. Zuerscht in die Vördderstubb, wu se am meischte gewest sinn.

Er hot sich umgeguckt unn hot sich am Stuhl hewe mis-se, Herr meines Lebens, 's war doch fascht alles noch so wie frieher! Do links der schiefe Eckschrank mit dem geblimelte Gscherr drin, newedra(n) der große Offe unn owwe riwwer die Holzdellerle mit Handkäs druff zum Drickle wie bei seiner Mutter selig. Er hot als mit 'm Kopp

nucke misse. Do weiter dann der große Alkov mit Vorhäng dra(n) unn do drin die zwee große Better, so henn aa sei' Eltere selig gschloofe. Unn do vorne am Fenschter war seller Sessel gstanne wu sei' Mutter selig immer gsesse isch unn's Spinnrädel vor sich.

Unn dort an sellem Sessel hot er aach gekniet, wie er fort isch nooch Amerika. Unn e ganzi Stund lang hot er sellemols sein Kopp in de Mutter ihr'n Schoß gelegt unn sie hot als gegreint unn hot'n gstreechelt.

„Mei' Bu, mei' liewer Bu!" hot se als gsagt, „Bleib brav unn vergeß dei' Mutter nit!"

Unn des gute Wort isch'm noochgange sei' ganz Lewe lang. Unn er hot sich jetz in sellen fremde Sessel nei'gsetzt unn hot als gegreint: „Mei' Mutter, mei' liewi Mutter!"

Unn er hot die Händ vors Gsicht ghowe unn hot nimmi uffstehe wolle.

Do war so e kleenes Mädele in dem Haus vun e Johre viere, e herzig Kind mit goldene Löckle. Wie des den große alte Mann so traurig gsehne hot, isch's zu em gedäppelt unn hot'en am Arm gezoppt.

„Mußt nit treine!" hot's gsagt unn do isch er widder uffgewacht. Unn er hot in de Sack gelangt unn hot'm ebbes in die Hand gedrickt – ich glaab, daß es iwwer en Dollar war. Dann sei Vatter unn sei' Mutter sinn so freundlich worre unn henn alles beigschleeft, was in Küch unn Keller war, weiße Käs, Baurebrot, Wei', Quetschekuuche, alles, alles!

„Greifen numme zu!" hot's gheeße, awwer der alt Mann hot nix nunner gebroocht.

Er isch noch weiter dorchs Haus gange, unn alle Wänd unn Geländer hot er gstreechelt unn hot als dezu vor sich hi(n) gemormelt: „Ach Gott, was war ich do so glicklich!"

Iwweraal hot er hi(n) gemißt, in de Stall, in die Scheier, in de Gaarde unn recht, recht traurig hot er sich dann bedankt unn hot „Adschee" gesagt.

Jetz isch er dorchs Dorf weiter naus nooch'm Kerchhof zu. Unn obwohl widder alle Leit die Fenschtere uffgerisse henn – er hot's nit gsehne. Er isch dohi(n)gange wie im Traam.

Sei' Elterngrab war Gottseidank schee(n) in Ordnung, dodefor hot de Philp immer gsorgt. Unn 's erste mol war er an dem Grabstee(n) gstanne, wu er vun Amerika aus in Ufftrag gewwe hot. Unn richtig, do war's zu lese:

Gewidmet seinen lieben Eltern
von ihrem dankbaren Sohne

Unn er hot die Händ gfalte unn hot gsagt: „Gott sei Dank, daß 's in meiner Heimat noch e Pläckel gibt, wo ich wirklich deheem bin!" – – –

Unnerdesse hot de Philp in de „Kron" die ganz Gemee(n) rewellisch gemacht. Sei' reicher Unkel wär do, der hätt' Geld wie Bachwasser, sie dheten 's schun gewahr werre.

Unn des isch rum gange wie e Laaffeier. Dann wie de Unkel vum Kerchhof kumme isch, war die ganz Wertschaft voller Mensche. Mit „Hoch" henn s'en empfange, unn hunnerd Leit henn 'em die Hand gemolke, wu all mit'm verwandt sei' wollten. De Unkel hot awwer doch nix devu(n) gewißt unn isch kalt gebliwwe.

„Meiner Urgroßmutter ihr Sohnsfraa ihr Gödel unn Eiern Großvatter – –" – ihr liewe Leit, wann se so schun a(n)gfange henn, do hot er glei abgewunke.

Jetz isch de Herr Borgemeeschter vorgetrete unn hot e Redd an'en ghalte, wie se sich all frehe dheten, daß so en reicher Amerikaner, wu hie gebertig isch, ihne aa mol die Ehr gewwe dhet. Unn er hot vum Krieg a(n)gfange unn seine Folge unn hot verzehlt, daß in dem kleene Dörfel allee(n) fimfedreißig gfalle wären, unn daß es jetz noch zwanzig Kriegerswitwe hie gäb. Unn die hätten so unn soviel Waisekinner, wu zu unnerstitze wären, do gäb's Not zu linnere genunk.

Unn de Unkel hot in sei' Briefdasch gelangt unn hot lang drin rum geblättert. Unn do hot er zeh(n)dausend Mark raus unn hot gsagt, des wär for die arme Waisekinner.

Unn de Herr Borgemeeschter hot sich hunnerdmol bedankt. Doch de Philp hot en glei' gstuppt. „Awwer 's muß aa in die Zeitung!" hot er gsagt.

„Wellwell!" hot de Unkel genuckt.

„Werd gemacht!" hot de Herr Borgemeeschter versproche, unn hot en Bückling dezu gschmisse wie en Hoflakai.

Unn alles hot den nowle Berger hoch lewe losse, jeder hot'm 's Wei'glas hi(n)ghowe unn hot mit'm trinke wolle.

Ihr liewe Leit, war des e Jeschtes unn e Gedings! Wie se fort sinn, henn die Schulkinner Spalier gebild' unn henn gejuugst, wie wann en leibhaftiger Prinz dorchs Dorf ging. Unn alle Glocke henn gebembelt, for um dem reiche Spender die Ehr anzudhue.

Armes Deitschland! – hot de Unkel gedenkt. Zeh'dausend Mark sinn kaum fimf Dollar. Mit dem stell ich hie e ganzi Gemee(n) uff de Kopp! Dodefor kann ich in Nujork nit emol e Nacht logiere!

XI. Scheene Dage

De Unkel aus Amerika war immer noch do! Wann sinn se vun Münche redur kumme? Aa, am Freidag waren's schun drei Woche – Kichelwetterhambach – schun gschlachene drei Woche, seit sich der Mann hie rumdrickt!

Awwer Dollar – Dollar, wie de Philp am erschte Dag schun gemeent hot, hot er noch kenni aus'm Sack borzle losse.

Sie sinn ball verzweifelt.

„Philp", hot die Bawett genengert, „Philp, des bringe mer jo ball nimmi uff! Jeden Dag Fleeschsupp unn Broote mit Gemies unn hinnedruff noch sießes Dunkes – wu will dann des naus?! ... Jetz, wu's Fleesch ball zweehunnerd Mark 's Pund koscht! ... Aa, der Mann eßt unn trinkt als gut unn froogt nit, wuher's kummt ... ich peif der uff des ewige „ollreiht" unn „bjudifull" – do kann ich mer nix kaafe defor!"

„Jetz sei nor mol ruhig", hot de Philp gsagt, „er leddert schun noch, werrscht schun sehne! Er hot sich doch schun manchmol ganz gut a(n)geloßt. Denk nor emol an unser Münchner Rees' unn an mei' korzi Wichs unn dei' allbayrisch Dirndelkleed! Jerem, unn vor allem an unsern Ausflug uff de Worschtmark ...!"

Gewittel, jetz isch die Bawett giftig worre.

„Du, jetz halt awwer dei' Maul!" hot se gsagt. „Wann ich an die Nacht denk, wu ich ball verfrore bin in dem Bah(n)wartshäusel – aa, seit dere Zeit haw ich de blooe Huschte unn bring en nimmi wegg!"

Unn glei hot se widder en A(n)fall kriegt unn hot gebollert, daß ere die Aage iwwergeloffe sinn. De Philp hot ere uff de Buckel kloppe misse, daß se widder zu sich kumme isch. Meiner Hachel! – hot er gedenkt, der Worschtmark hot die Kränk ghatt, umesunscht hot se sich seiner Zeit nit so gewehrt, for hi(n)zegehe.

„Sei ruhig, Bawettel!" hot er se getröscht. „Er leddert noch, er leddert noch, ich wett mein Kopp defor! ... Denk emol, de Dollar isch heit widder zweehunnerd Punkte in eem Hupper nuff – wann er e Herz im Leib hot, rickt er raus – werscht sehne!"

Awwer er hot nix rausgerickt! Korze Ausflügelcher hot er als gemacht nooch Mannem, Heidelberg, Speyer – awwer immer alleenig, des wären jetz sei' „scheene Dage" hot er gsagt. Unn wann er dann zurick kumme isch, mer hot's em förmlich a(n)gsehne, wie klor er sich amesiert hot. Dann er hot immer rote Ohrläpple unn dicke Odere am Kopp g'hatt. Unn wie gut er immer nooch Wei' geroche hot! Ui-ui-uih! Die ganze Familie hot gschnubbert, wann er in die Stubb kumme isch.

Unn em Philp isch's Wasser im Maul zammegeloffe.

„Bawett", hot er als nodert gsagt, wann se allee(n) waren, „ich bin jo gewiß keen Siffer, awwer ich meen, er könnt mich doch als emol mitnemme, wann er sei' halb Schöppelcher petzt ..."

„Des isch es jo, was ich meen", hot se gsagt, „mir sparen's uns am Maul ab, unn er hot's im Iwwerfluß. Ich glaab, mer muß em emol die Nas druff stumbe ... baß emol uff, morge sag ich's em!"

„Um Gotteswille, hör uff! Ich möcht mer nit noochsage losse, daß mer unser allbekannti Pälzer Gaschtfreundschaft nit hochghalte henn! Weescht, die Amerikaner sinn e bissel annerscht wie mir. Die meenen, weil sie im Geld ball versticken, mißt's bei uns grad so sei'. Besonders wu die for en Glicker unn en Knopp uns ganz auskaafe kennen. Awwer do denkt ken Deifel dra(n), daß mir bloß Marke henn, wu mer schun hunnerd braucht for en Handkäs, wu früher sechs Penning gekoscht hot."

„Drumewe muß mer'm die Nas druff stumbe!" hot die Bawett gsagt. „Was hoscht dann vun deiner Nobless' unn deim Rennomeh wege dere gute Pälzer Gaschtfreundschaft!? Kratze'mer nit alles zamme, daß 's hinne unn vorne langt? Alles was recht isch, mir dhuen bloß als dhedemer – Alterle, 's Brulljesmache hot ken Wert! Du hoscht drei Döchter, wu jetz ausgsteiert werre wollen, aa, vun was dann, wann jetzt de letschte Penning noch druff geht for den Bsuuch? Siegscht, wann ich den Debbich nit noch verkitscht hätt, wäre'mer schun längscht bangkrott!"

De Philp hot sich hinner de Ohre gekratzt.

„Meinetwege, sag's em halt. Awwer, um Gotteswille dorch die Blum damit er uns nit dorch die Lappe geht!"

„Ich werr's schun mache!" hot se gsagt. „Waart's numme ab!" – – –

Unn weil se gewißt hot, daß de Unkel en großer Schnääker war, hot se sich mol widder bsonders a(n)gstrengt. Hoorige Knöpp hot's gewwe mit Lummelsbroote unn hinnedruff Schneckenudle – so ganz feine mit Rosine drinn unn noch gekochte Beereschnitz dezu! Ihr liewe Leit, was hot der alt Mann unner seine goldne Brill vorgeguckt! Unn des pikant Söösel vun dem Lummel heit – do hot er gschnalzt! Pälzer Koscht – ihr liewe Mensche, die macht ken Deifel nooch! Siwwe Knöpp hot er verdrickt unn hot die Händ nimmi vun seim Deller rausgebroocht. Er isch als mit de Gawwel im Kringel rum gfahre unn hot mit seine Knöppbröckelcher des fei' Söösel uffgeduppt – 's war e Vergniege, em zuzugucke! Unn gschmatzt unn gschlutzt hot er dezu – 's war de Staat all!

„Bawett", hot er gsagt, „des kann ich dir nit vergesse – wellwell!"

Waart, Alter, hot die Bawett gedenkt, jetz haw ich dich! Unn wie er hernodert im Schaukelstuhl gsesse war unn hot sei' Hawannah zwische die Zäh(n) gsteckt unn die Händ so iwwer de Bauch gelegt, hot se a(n)gfange vun de schlechte Zeite.

„Ach Gott!" hot se gsagt, „'s isch doch aarig ewe, wammer nimmi so alles kaafe kann wie frieher! Unser Rösel unn ihr Breidigam, de Kellerfenschter Schorsch, möchten ball heirade unn henn doch ke Geld, for sich e Eirichtung a(n)zuschaffe. Liewer Himmel, was soll mer do mache?"

„Wellwell", hot de Unkel gsagt unn hot e Ringele dezu nausgebloose, „sollen se halt waarte, bis bessere Zeite kommen! Sie sinn noch jung!"

Du sollscht die Schwernot kriege! – hot die Bawett gedenkt, dir isch jo gar nit beizukumme! Unn hot ihrn Strickstrumb gepackt unn isch widder naus in die Kich.

Zu allem Elend war dort uff de Holzkischt de Kaalche gsesse unn hot gheilt wie en Schloßhund. Sei Bee(n) dheden em so weh, hot er gsagt, er mißt Rheimadis drin hawwe.

„Rheimadis? ... Aa vun was dann?" hot die Mamme gfroogt. „Des isch jo gar nit möglich in deim Alter!"

„So?" hot de Kaalche gsagt, „des werd nit möglich sei?! Aa, Mamme, schloof du mol fimf Woche lang in're Eierkischt mit Holzwoll drinn! Ich bin jo morgens so kabutt, daß ich mich nimmi rihre kann! Ach Gott, mei' Bee(n)!" Unn gheilt hot er widder.

Ja, hot er gsagt, er mißt sei' Deckbett widder hawwe. Mit dere dinne Gaulsdeck owwe druff dhet er friere wie en Schneider. Jetzt dhet's schun kalt werre, des könnt er nimmi aushalte.

„Sei ruhig, Biewel", hot die Mamme gsagt, „de Unkel geht ball widder fort, die längscht Zeit isch er do gewest. Dir zahlt er's sicher bsonders heem, weil d'em dei'Bett geloßt hoscht!"

Alloh, jetz war er widder zufriede.

„Wann ich ebbes Feines krieg", hot er gelacht, „will ich gern friere!"

Unn am e scheene Dag hot de Unkel gsagt, die nägscht Woch ging er widder fort. Er wollt noch im Hessische e paar Verwandte bsuuche unn dann ging's ganz perr uff Amerika!

„Ach liewer Gott, Unkel", hot de Philp a(n)gfange, „bischt jo erscht kumme! Bleib doch noch do, werrscht uns doch des nit a(n)dhue! Du störscht uns doch nit im Geringschte! Du muscht doch erscht noch de neie Wei' versuuche, jetz werd's jo erseht schee(n)!"

Unn de Unkel hot unner seinre Brill vorgeguckt unn hot gsagt: „Ollreiht – ich will mal sehe!"

Awwer er hot sich drei neie große Kuffer kaaft unn hot a(n)gfange ei'zupacke.

Ihr liewe Mensche, was e Reichtum! Alle gebott isch er mit neie Päckelcher unnerm Aarm heemgedippelt kumme. Alles hot er gezeigt: neie silwerne Bstecker, goldene Uhre in samtne Etui drin, drei Brille, eeni mi'me Horn-, eeni mi'me Silwer- unn eeni mi'me Goldrand. Dann siwwe Paar Händsching in alle Farwe unn Fassohne for de Summer unn for de Winter, for sich unn for sein Anhang deheem. Unn Krawatte hot er kaaft – liewer Strohsack! Wann er zweehunnerd Johr alt werd unn jeden Dag eeni a(n)ziecht, hot er die noch nit all!

De Philp, die Bawett, die acht Kinner unn die drei Schwiegersöhn henn Maul unn Nas uffgsperrt. Alles henn se gezeigt kriegt – awwer gschenkt devu(n) nix! Der hot'n 's Maul sauwer ghalte.

„Geduld, ihr Kinner", hot de Philp owends gsagt, „er leddert noch, unn wann's am letschte Dag isch!"

Unn immer sinn neie Päck uffgedaucht, de ganze Dag hot jetz die Schell gerappelt unn Dienstmänner unn Laafborsch vum Schmoller unn Weranker unn weeß de Deifel noch wuher, sinn vor de Dher gstanne. A(n)züg, Hember for de Dag unn for die Nacht, Schnapsflasche, Rasierapparate, Hoorschneidmaschine, Gibsle aus Meerschaum – gewittel, der Mann hot nit genunk kriege kenne!

Als gezeigt unn ei'gepackt!

„Kost ja nit viel" hot er als gelacht. „Für e paar Dollar kriegt mer e ganze Haushaltung!"

Unn wie die Kuffer all voll waren, hot er „ollreiht" gsagt unn hot se abgschlosse.

Unn die nägschte Dage hot er de Kopp nimmi aus de Zeitung rausgebrocht. Morgens de Korszettel, middags de Korszettel unn owends de Korszettel. Unn uff die Bank isch er gsprunge unn hot Aktie kaaft uff Mord unn Kabutt.

Unn gschmunzelt unn gelacht hot er de ganze Dag.

„Sei' Weeze blieht!" hot de Philp zu de Bawett gelacht. „De Dollar geht ewe rasend nuff – werrscht sehne, er leddert ball!"

Ja, hoscht mich gsehne.

Noch zwee Dag waren jetz bis zur Abfahrt, awwer Dollar hot de Philp noch kenni zu sehne kriegt.

Jetz isch's em doch e bissel schwummerig worre.

Wann er heemkumme isch vum Gschäft, war sei erscht Wort: „Hot er schun geleddert?"

„Inee(n) – noch nit!" hot dann die Bawett so traurig gsagt. Jesses, jesses, was e U(n)glick!

Wann er amend doch auswitsche dhet?! Aa, er mißt sich jo schämme vor seine Kinner seiner Lebdag!

Owends, wie de Unkel im Bett war, henn se Familieroot ghalte.

„Was mache?" hot's gheeße. „Iwwermorge fahrt er fort!"

Unn de Philp hot die Elleboge uff die Knie gstitzt unn sein Kopp zwische die Händ genumme: „Ihr liewe Kinner, helfe'mer, mei' Verstand isch am End!"

Unn de Kellerfenschter Schorsch hot uff ee(n)mol gsagt:

„Babbe, ich hab's! Er leddert noch, awwer nor die Kinner derfen's wisse!"

Gott sei Dank – e Lichtblick! Was de Schorsch sich vorgenumme hot, isch noch nie letz gange. – – –

Awwer am nägschte Dag isch noch e groß U(n)glick bassiert. De Dollar isch plötzlich fimfhunnerd Punkte runner gange unn war jetzt widder uff fuchzehhunnerd gstanne. De Unkel hot nix meh geredd unn hot de ganze Dag keen Bisse nunnergebroocht.

Die Bawett war außer sich, alles hot se hi(n)gstellt, ihr feinschte ei'gemachte Sache unn owends hot se noch e Panneküchel mit fimf Eier for en gebacke – 's hot nix gebadd, er hot bloß druff rum gstochert unn kaum en Bisse nunner geworgst. Traurig sinn se all ins Bett.

„Liewer Herrgott", hot de Philp gseifzt, „ich bin jo en guter Deitscher, awwer loß wenigschtens de Dollar noch drowwe, solang der Sackermentsunkel noch do isch!"

XII. Die Abfahrt

Ihr liewe Leit, der Abschiedsdag hot beizeit a(n)gfange! Morgens, wie's noch duschber war, hot de Kellerfenschter Schorsch schun gschellt unn die Kinner raus getrummelt. Er mißt sei' Iwwerraschung vorbereite, hot er gsagt, damit de Unkel aa sicher leddert. Unn glei druff sinn die zwee annere zukünftige Schwiegersöhn noch kumme, de Daabheisers Franz unn de Finkebachs Adam. Unn de Schorsch hot jedem was ins Ohr gebischbert, unn dann sinn se allzamme nunner in die Wäschkisch unn henn sich vor Middag nimmi sehne losse.

„Heiliges Kanonerohr!" hot die Bawett als gsagt. „Ich möcht' nor wisse, was die Kinner so lang do unne schaffen. Horch norre mol dohi(n) ... wie die singen unn kreischen, die machen mer aardlich Gedings, des kann doch rnit'm Unkel nix zu dhue hawwe!"

„Losse norre gewähre", hot de Philp gsagt, „de Kellerfenschter Schorsch macht ke Schnookes, der weeß schun, was er will!"

Unn wie de Unkel aus seim Stübche kumme isch, henn s'en so feierlich empfange, wie noch nie. Liewer Gott! henn se gedenkt, heit w'em-m'erm gewiß ke A(n)laß gewwe, daß er vergrumbelt werd, sunscht geh'n unser amerikanische Batze die Bach nunner.

„Gu' morge, Unkel" henn se gsagt, „hoffentlich hoscht gut gschlofe heit Nacht, dann's war's letschte Mol!"

„Werrywell!" hot er gsagt. „'s is so gange!" Awwer de Philp war so pfiffig unn war schun nooch'm Bah(n)hof galeppert unn hot die neischt Frankforter kaaft. Unn zu allem Glick war do drinn gstanne, daß de Dollar heit widder en orndliche Schnerrer nuffzu gemacht hot.

„Liewer Herrgott", hot er als heemzu uff'm Viadukt vor sich hi(n)gelacht, „was bin ich froh, daß d' mein Stoßseufzer vun geschtern Owend erhört hoscht!"

Unn jetz hot er s'em Unkel glei newe die Kaffeetaß gelegt.

„Da, Unkel", hot er g'sagt „'s Allerneischte!"

Der nei'gucke unn „ollreiht" sage war eens.

Gottseilowendank, jetz heeßt's noch emol orndlich nei'gelangt, dann kann nix meh letz gehe.

Unn wie de Unkel sei' Handkufferdel gepackt ghatt hot, isch er noch emol fortgschläppelt. Er ging noch korz uff die Bank, hot er gsagt.

„Bawett", hot de Philp gejuugst, „er leddert, er leddert! Awweil loßt er wechsle!"

„Er isch noch nit fort", hot die Bawett genuckt unn hot's Maul debei verzoche. Awwer trotzdem hot se e Middagesse hergericht, wie se seit ihrer Hochzig kens meh ghatte henn.

E Supp hot se gekocht vun drei Pund Ochsefleesch. Ihr liewe Leit, do sinn die Fettaage druff rumgschwumme, wie wann se die ganz Salatölflasch driwwer geleert hätt. Unn Markknöppelcher hot se nei'gedreht – minneschtens hunnerd Stick! Dann hot se gfillti Kalbsbruscht gemacht mit hausgemachte Nudle. Unn for hinnedruff hot se Götterspeis vorghatt – hm, hm, hm, was hot sich die Fraa e U(n)muß gemacht!

„Bawett", hot de Philp gsagt, „do gheeren e paar Flasche Eenezwanziger dezu."

„Umgotteswille, iwwertreib's nit! Die koschten jo e Vermöge!"

„Hot de Deifel die Geeß gholt, kann er aa de Bock hole!" hot de Philp gsagt unn isch fortgerennt in die Kallstadter Wei'stubb. – – –

Punkt zwölfe war's Middagesse, weil am halwer dreie schun de Zug geht.

Allminand waren se sauwer hergewichst, dann des war ausgemachti Sach, daß alles mitgeht an de Bah(n)hof. Awwer wie's halt so geht beim Abschiednemme, trotz dem gute Ims hot ke Stimmung uffkumme wolle.

Do hot emol de Philp e Flasch zwische die Bee(n) genumme unn's Stöpperle rausgezoche – bauf – ihr liewe Leit, des hot gequitscht! Alle isch's Wasser im Maul zammgeloffe.

De Unkel hot mit glickselige Äägle unner seinere goldene Brill vorgelinst unn hot dapper sei' Glässel herghowe. Gluck-gluck-gluck, herrjeh, herrjeh, war des e Diftel!

„Philipp", hot er gsagt unn hot a(n)gstoße, „werrywell, du bist e feiner Kerl, Pälzer Wei' ghört halt dezu!"

„Dollar gheeren aa dezu!" hot de Philp sage wolle, hot awwer dapper 's Glässel an de Hals unn hot's nunnergschlickt. Unn 's hot ke Ruh gewwe, bis die fimf Flasche rutz unn butz gebechert waren. Als a(n)gstoße unn gepröstelt isch worre in eenre Dhur.

Unn 'm Unkel sei Bäckelcher henn jetz geglänzt wie zwee Borschdorfer Äppelcher. Unn eh'er sei letscht Schlickel genumme hot, isch er uffgstanne unn hot e Redd ghalte.

„Ei-senk-ju", hot er gsagt, „viel dausendmal! Wann Ihr mal nach Amerika kommen, mach ich's wett."

Jesses! – hot de Philp gedenkt, aweil isch's fertig, er leddert nit!

„Unkel", hot er gsagt, „nooch Amerika kumme mer unser Lebdag nit – wir henn ke Geld!"

„Mer kann nit wisse", hot seller gelacht unn hot sei' letscht Tröppel aus'm Glas gsuckelt. „Die Zeite können sich ändere!"

Unn die Bawett hot gemeent, ihr Herz steht'ere still. Jesses, jesses – hot se gedenkt, soll des alles sei? Ei-senkju, do peif ich druff!

Unn wie se hernodert an de Bah(n)hof sinn, henn se de Unkel mit de Kinner vorne naus gehe losse.

„He?!" hot die Bawett hinne als geknoddert. „Gu'mol, so'n Schwiddjeh! Geht aus'm Haus naus unn gebt nit emol e Trinkgeld – aa sag emol, wer macht des noch?"

„Sei ruhig!" hot de Philp gsagt, „'s isch mein Unkel unn der loßt sich nit lumbe!"

„Sooo?! ... mer sieht's! Du mit deine schwollkeppische Maniere! Was hoscht jetz? ... Schulde, daß d' fimf Johr dra(n) zu zahle hoscht! ... Jesses, jesses, unser arme Kinner!"

Unn 's hätt nit viel gfehlt, do hätt se noch gheilt uff de offne Strooß.

„Kreizmilljone!" hot de Philp jetz losgedunnert. „Ich will ke Wort meh höre! Er leddert unn domit basta!"

Awwer geglaabt hot er's selwer nit. – – –

All waren se jetz uff'm Bahnsteig gstanne. 's war noch e halb Stund bis zu de Abfahrt unn de Unkel hot eweil a(n)gfange jedem die Händ zu dricke.

„Gudbei" unn „Fehruell" isch's gange in eem Loch fort.

„Du", hot die Bawett de Philp gstumbt, „wie meenscht jetz? Träämscht noch vun de Dollar?"

Awwer do isch de Kellerfenschter Schorsch vorgetrete unn hot zum Unkel gsagt, sie wollten 'em noch zum Abschied e bsonderi Owation bereite. Er hätt doch emol zu'm gsagt, seit er jetz in Deitschland wär, hätt er ke ee(n)mol e altes scheenes deitsches Volkslied zu heere kriegt. Iwweraal dhet mer bloß de „Bummelpetrus" unn lauter so fade Kupleelieder singe, wann'er nor noch ee(n)mol die Lieder, wu se deheem im Dorf als gsunge henn, höre könnt, er wollt alles drum gewwe!

„Wellwell", hot de Unkel genuckt, „das is wahr!" Unn do hot de Schorsch die Stimmgawwel rausgezoche unn hot ans Geländer gekloppt. Ihr liewe Leit, er war nit umesunscht im Gsangverein! Unn die acht Kinner unn de Herr Finkebach unn de Herr Daabheiser henn sich um 'en rumgstellt unn henn a(n)gfange zu schmettere:

„Im schönsten Wiesengrunde
Ist meiner Heimat Haus,
Da zog ich manche Stunde
Ins Tal hinaus.
Dich, mein stilles Tal,
Grüß ich tausendmal!
Da zog ich manche Stunde
Ins Tal hinaus ..."

Ihr liewe Leit, was hot der alt Mann gspitzelt! Uff des war er nit gfaßt. Die henn jo gsunge wie die Nachdigalle unn stimmig wie e Kinschtlerquartett!

„Bjudifull!" hot de Unkel bei jedem Vers gsagt unn hot in die Händ geklatscht. Unn alle Leit sinn beigströmt unn henn sich um die Sänger rumgstellt. „O Herrgott", hot's gheeße, „wie schee(n), wie schee(n)! Des isch jetz mol was Nadierliches!"

Unn dann isch's zwette Lied a(n)gange:

„Morgen muß ich fort von hier
und muß Abschied nehmen
O du allerschönste Zier,
Scheiden das bringt Grämen ..."

Unn de Unkel hot als mit'm Kopp genuckt unn hot sich die Aage gewischt. Unn er isch nei' in de Zug unn hot gsagt: „Wahrhaftig, mei' Heimat is doch e herrliches Land!"

Unn wie er zum Kuppeefenschter rausgeguckt hot – 's waren grad noch zeh Minute Zeit – isch's dritte Lied losgange:

„Schön ist die Jugend bei frohen Zeiten,
Schön ist die Jugend, sie kommt nicht mehr ..."

Was war des? Er hot an sei' Herz gelangt. War des nit des Lied, wu sei' Vatter selig so oft gsunge hot?

„Drum sag ich's noch einmal,
Schön sind die Jugendjahr,
Schön ist die Jugend –
Sie kommt nicht mehr!"

Er hot gemeent, er mißt sein Vatter sehe, wie er an de letschte Kerwe deheem in de Trinkstubb in de „Kron" gsesse war unn als sei' geripptes hohes Schoppeglas nausghowe hot: – „sie kommt nicht wieder mehr, sie kommt nicht wieder mehr!" hot er als gsunge – wahrhaftigen Gott – 's war wohr!

De Unkel hot sei Sackduch vor die Aage unn hot gegreint wie e kleenes Kind. Unn de Philp unn die Bawett waren so gerihrt, daß se aach sich die Träne wische misse henn.

Unn wie's noch drei Minute bis zur Abfahrt war, hot de Herr Kellerfenschter zum letschte Mol mit de Stimmgawwel gekloppt. Unn ganz, ganz piano isch's jetz raus kumme:

„Sag mir das Wort, das so gern ich gehört,

Lang, lang ist's her, lang ist's her!

Sing mir das Lied, das so oft mich betört,

Lang, lang ist's her, lang ist's her …"

„Lang, lang ist's her!" hot de Unkel gsagt, unn hot sich nimmer halte kenne. Dann des Lied hot'm sei' Mutter selig so oft vorgsunge. – „Mutter – mei' liewe Mutter!" hot er sage wolle, hot awwer vor Träne ke Wort meh rausgebroocht. Wie's Lied aus war, hot er'm Herr Kellerfenschter reigewunke. Unn der isch dapper nei zu'm ins Kuppee.

„Herr Kellerfenschter", hot de Unkel gsagt, „Sie hawwe'mer de scheenste Abschied bereit, den es gewwe kann. Sie hawwen mir's Koschtbarschte von meiner alte Heimat vorgführt. So was an Herz unn Gemiet, wie in unserm alte Volkslied, gibts in de ganze Welt nit mehr. Gudbei – liewer Freind!" unn hot'm die Hand gedrickt, warm unn herzlich. Unn die Träne sinn 'm als debei die Backe runner. Unn dann hot er in sei' Briefdasch neigelangt unn hot mit seine schwummerige Aage lang drin rum gsuucht. Dann hot er en Schein raus unn hot gsagt: „Hier e Kleinigkeit für Eier Aussteier!"

„Alles einsteigen!" hot's drauße gerufe unn de Herr Kellerfenschter hot sich dapper bedankt unn isch mit sei'm Schein nausgfeiert.

„Fuchzig Dollar!" hot er draus gekrische unn hot des Babier in die Luft rum gschwenkt, wie wann's große Los wär.

„Hoch!" henn die Kinner gekrische unn „Gudi Rees!" die Alte. De Philp hot sein Deckel gschlenkert wie'n Indianer sei' Kriegsbeil – bauf dich – ewe gehts ums Eck rum – fort war er, de Unkel aus Amerika!

„Er hot geleddert!" hot de Philp gekrische unn isch seinre Bawett um de Hals gfalle. Unn verschmatzt hot er se in eem Stick fort vor alle Leit – ach Gott, wie rihrend!

„Schorsch", hot er nodert gsagt, unn hot sellem die Händ gedrickt, daß er ball Feier gekrische hot, „Schorsch – des hätt ich nit gedenkt – du bisch'n ganzer Kerl, du hoscht uns 's Lewe gerett! Fuchzig Dollar, ihr liewe Leit, ich schnapp iwwer!"

„Norre mol langsam", hot die Bawett gsagt, „mir werren's schun klee(n) kriege!"

Unn wie se heemkumme sinn, hot's nochemol e Iwwerraschung gewwe. Dann de Kaalche hot'm Unkel sei' Stubb 's unnersch unn 's öwwersch durchgeguckt, ob er nix dogeloßt hot. Unn do hot er im Nachtdischelschublädel ganz hinne sei' Pälzer Kursbiechel gfunne, wu er als mit rumgfahre isch.

„Hurrah!" hot er gekrische. „Er hot mer was dogeloßt!"

„Weis emol!" hot sei' Vatter gsagt. Doch wie er des Kursbuch gsehne hot, hot er gsagt: „Armes Kaalche, des isch keen Knopp wert!"

Doch selber hott's als weiter in de Luft rumgschwenkt unn do isch uff ee(n)mol en kleener Geldschei' rausgfloche, wu als Buchzeeche drin geleche hot. Den hot de Unkel vergesse ghatt.

„Hurrah", hot de Kaalche gejuugst. „Do gucken, was do druff steht: Fünf Dollar!"

Ihr liewe Leit, ihr liewe Leit, war des e Plässier!

„Siegscht, Kaalche", hot die Mamme gelacht, „haw ich's
nit immer gsagt, du kriegscht was Bsondres! Des isch for
des, weil d' fimf Woche lang in de Eierkischt gschloofe
hoscht!"

XIII. Hochzig!

O heil'ger Krischbinus, war des e Freed in dere Familje! De Philp isch nimmi zu sich kumme.

„Mir sinn die reichschte Leit vun ganz Ludwigshafe!" hot er gsagt. „Was mache'mer nor mit dem viele Geld? Bawett, soll ich nit glei wechsle losse?

„Du werrscht dich hiete! Jetz werd aach emol spekeliert, damit's vun selwerscht mehner werd wie bei de Großkapitalischte!"

„Awwer, Mamme", hot de Herr Kellerfenschter gsagt, „ich meen, ich dirft aach e Wörtel mitredde, dann uhne mich hätten'er keen Knopp kriegt ... Unn er hot noch exdra gsagt, 's wär e Kleenigkeit for unser Aussteier!"

„Gut", hot de Babbe gsagt, „des muß respektiert werre! Alloh, hopp, schieß los, was mer mit mache wollen!"

Unn de Schorsch hot niwwer gelinst zu de Rösel unn die hot'n fuchsfeierrote Kopp kriegt. Unn do hot er sich's Herz genumme unn hot gsagt: „Hochzig!" unn sunscht nix.

Gewittel, des hot ei'gschlache!

„Hochzig?! ...", hot de Philp gekrische unn hot sein Kopp vorghenkt. „In dem Alter schun? ... Aa, ich glaab, ihr seid nit recht bei Grosche!"

„Was?! ...", hot sich die Bawett jetz nei'gelegt unn die Ärm in die Seit gstemmt. „Recht henn se! Sollen die vielleicht waarde, bis se achtzig Johr alt sinn?! ... De Schorsch isch siwwenezwanzig, unn die Rösel werd in vier Woche eenezwanzig, do isch höchsti Zeit, daß se unner die Haub kummen, des leddiche Beisammeghock hot ken Wert!"

„Na, ich meen, e bissel hätt's doch noch Zeit!" hot de Philp so klee(n)laut noch weiter mache wolle, awwer do hot die Bawett ihr'n letschte Trump nausgfeiert.

„Du ...!" hot se gsagt, „Aa, wie alt warscht dann du? Noch ke fimfezwanzig unn ich nit emol neinzeh ... Weescht noch, wie ke Ruh gewwe hoscht, bis d'mich ghatt hoscht?"

„'s wär' noch Zeit genunk gewest, ich hab mein Verstand noch nit ghatt!"

„Jetz sei awwer ruhig, ich meen, du hätscht'n heit noch nit! Schäm dich vor deine Kinner!" Unn die Bawett hot's Gsicht verzoche unn isch mit'm Schorzzippel an ihr Aage gfahre.

„Ach, Babbe, sei doch nit so wiescht!" henn die Kinner gekrische. Jetz hot er nix meh mache kenne.

„Gut!" hot er gelacht. „Abgemacht! In vier Woche mache'mer Hochzig ... awwer enni, wu sich ganz Ludwigshafe uff de Kopp stelle muß! ... Kichelwetterhambach, denne will ich's weise, wu was deheem isch!"

Awwer so ee(n)fach war die Sach doch nit. De Herr Kellerfenschter isch uff's Wohnungsamt gange unn hot gfroogt, wie's aussieht. Er wollt heirade unn braucht e Wohnung, mi'me Stüwwel unn ere Kirch wär er schun zufriede.

„Soo?! ..." henn die gsagt. „Fimfdausend mit rote Kaarde unn sounnsoviel mit annre Zettel sinn vor Ihne, do kennen Se ausrechne, wann Se dra(n) kummen!"

De Schorsch isch traurig widder abgezoche.

Awwer die Bawett war e richtigi deutschi Mutter, wu alles zeweg bringt.

„Macht nix!" hot se gsagt. „Was brauchen Ihr zu heile wege denne ihre rote Kaarde? Ihr kriegen 'm Unkel sei' Stubb

ei'gericht unn bleiwen vorderhand bei uns – mir werren
schun eenig werre minand!"

„Ach liewi, guti Mamme!" hot de Schorsch gsagt unn
hot ere 'n Schmatz uff de Backe gedrickt.

Sodele, die Beer wär aa widder gschält!

Unn dann isch jeden Dag e Dollarle gewechselt worre.
Herrjeh, was henn se sich gfreet, daß der so rasend gstiche
isch! Vierdausendfimfhunnerd Mark hot's schun gewwe for
een, Gott sei dank, daß sie aach emol mitesse gedirft henn
an dem große Kuuche!

Unn wie des viele Zeig in ihr Wohnung gschleeft worre
isch, sinn die annre Leit im Haus ball grie(n) unn gehl worre
vor Ärger. De ganze Dag sinn die Weibsleit im Hausgang
beisammegstanne unn henn gebischbert minand.

„He?!" hot's gheeße. „Wu henn die do unne nor des vie-
le Geld her?! ... Aa die Hausborsch mit ihre Kischte unn
Kaschte kummen jo nit vun denne ihre Schwell wegg! ...
Die sollen die Kränk kriege! ... Mir henn nit emol Geld, for
unser kabuttene Stihl leime zu losse unn die schaffen sich
lauder nei Dings a(n) ... Des kann doch nit mir rechte Dinge
zugehe! ..." Unn die Köpp sinn immer weiter zamme gange
unn die Finger sinn nooch dere Dher nunner gfahre – Philp,
Philp, Philp, wann des Messere wären, dhetscht ball ken
Schnaufer meh mache!

Doch der hot als gelacht, wann er die giftige Aage gsehne
hot.

„Juhu!" hot er sich die Hand geriwwe, „wann mich die
Leit so a(n)gucken, weeß ich, daß mer's gut geht! Waarten's
numme ab, 's kummt noch annerscht!" – – –

Unn wie die vier Woche rum waren, war'm Unkel sei'
Zimmerle fix unn fertig ei'gericht. Nit iwwertriwe, nadier-
lich, des hätt die sparsam Bawett gar nit zugeloßt! Nee(n) –
ee(n)fach unn gediege, wie sich's for gute brave Bergersleit
gheert. E Schloofzimmerle mit noch'me Disch unn 'me
Kannahbehle debei, alles säuwerle unn recht gemietlich for

e jung Ehepäärle. Ach Gott, was henn se gstrahlt, die Rösel unn de Schorsch, wie alles beisamme war! – – –

„Hochzeit machen, das is wunderschön – Ei, wie is das schön!"

So hot de Philp gejodelt, wie er in die Scheeß gstiche isch, for in die Kerch zu fahre.

„Schämm dich doch!" hot'n die Bawett gstuppt. „Loß emol dei' dumme Bosse jetz, sunscht kannscht allee(n) fahre!"

Jerem, jerem, was henn die Leit an ihre Fenschtere die Häls geringelt, wie se den Uffzuuch gsehne henn.

„He?!" hot's gheeße. „Vier Scheeße bei denne deire Zeite! Gucken emol dohi(n)!"

Meiner Hachel, mer hot sich uffrege kenne.

Fuchzeh' Persone hot mer gezählt – hm, hm, hm, 's war ganz aarig! Unn vun fremde Leit war eigentlich niemand debei, als 'm Schorsch sei' Eltre unn de Herr Daabheiser unn de Herr Finkebach.

„Mir w'enn sunscht niemand!" hot als de Philp gsagt. „Mir kennen unser Sach selwerscht esse!"

Unn do gucken emol den Uffwand an denne Scheeße! Die Leit sinn ball hibbich worre.

An de Schläg waren Bukettle unn die Gäul henn noch Blummesträuß an de Ohrläpple ghatt. De Philp hot's so hawwe wolle.

„Die sollen merke, daß mer Dollar henn!" hot er gsagt. Beruhig dich, Philp, sie henn's gemerkt!

De Ei'zug in de Kerch war feierlich. Wie sei' Kinner den mittlere Gang durch so sauwer unn still do hi(n) marschiert sinn unn dann's Rösel vor'em her mit ihrm weiße Kleedel unn dem lange Schleier unn des scheene Bukett in de Hand unn newedra(n) de Schorsch mit seim gute ehrliche Gsicht unn er hinnenooch mit seinre Bawett am Arm, ach, was isch's em do de Buckel nunner gerisselt! Unn die Orgel hot gspielt:

„Ein feste Burg ist unser Gott,
Ein gute Wehr und Waffen …"

Ach, was hot 'n des a(n)gegriffe! De Philp war sunscht ken eifriger Kerchgänger – nit aus Gottlosigkeit, ach, sicherlich nit! Mehr aus Bequemlichkeit unn weil er iwwers aißre Chrischtetum so sei' bsondri A(n)sicht ghatt hot. Awwer an wirklicher innerer Frömmigkeit hot er trotz seim rauhbauzige Wese nimmand ebbes noochgewwe. Unn doch isch jetz bei dem Orgelspiel sei' ganzer leibhaftiger Gott in'm lewendig worre. Herrgott, hot er 's allererscht gedenkt, was bin ich der dankbar, daß d' mich den Dag mit meine Familje gsund erlewe geloßt hoscht. Unn wie er am Altar gstanne isch, sinn 'm die dicke Träne iwwer die Backe gerollt.

Do war sei' ältschtes Kind gstanne, sauwer unn lieblich wie e Heiligebild, unn er hot seim Schöpfer gedankt, daß er se so doher fiehre gedirft hot unn se den brave Mann kriegt. Dann des war er sicher!

Unn jedes Wort, was der alte Herr Parrer do owwe gsagt hot, isch'm dief ins Gemiet gange.

„Ich bin kommen, daß sie das Leben und volle Genüge haben sollen."

Unn jedi Auslegung vun dem herrliche Bibelwort hot de Philp mit seine diefschte Herzenswünsch begleit.

Liewer Herrgott, hot er gseifzt, helf, daß se sich in denne arme, schwere Zeite zurecht finnen!

Gut unn brav sei', isch alles, was mer kann, hot er gedenkt, unn do hot grad owwe der Herr Parrer 's Schlußwort gsagt:

„Halte was du hast, daß niemand deine Krone nehme."

Unn dem „Amen" hot de Philp uffrichtig fromm zugstimmt.

Bei de eigentliche Trauung isch dann die Bawett am meischte ergriffe worre.

Jetz hot se gewißt, daß ihr Kind durch e heiliges Gsetz vun're losgelöst war. Liewer Herrgott, hot se gebet, loß se so trei unn wahrhaftig, wie ich se aus de Hand geb! Unn debei hot se als mit ihrm Spitzesackdüchel ihr Träne gewischt.

Unn dann hot de Kerchechor noch gsunge for em Schorsch zu Ehre, weil der Mitglied bei'm war.

„Ich bete an die Macht der Liebe!" isch's hell unn feierlich jedem in die Seel gange, o Herrgott, wie schee(n)! Unn wie nooch'm Sege widder die Orgel gspielt hot unn sie sinn so gemesse widder den Gang naus, hot mer gemeent, dausend Engelcher dheten vorneher fliege unn dheten se ins Lewe fiehre.

„Walt's Gott!" hot de Philp vor sich hi(n)gsagt. „Sie kennen's brauche!" –

Unn widder sinn die vier Scheeße iwwers Viadukt galeppert unn widder henn die Nochbersleit die Häls geringelt. Deheem henn se kaum die Dher nei'gekönnt, so sinn die Mensche gstanne. Unn die Dame vum Haus waren aa widder do unn henn sich als die Aage abgewischt. Unn dann henn se die Hand hergstreckt, for zu graduliere. Aa des isch rumgange.

„Gott sei Dank", hot de Philp gsagt, wie se in de Wohnung waren, „daß mer for uns sinn!"

Unn dann isch's Hochzigesse kumme.

Ihr liewe Mensche, do isch was uffgange! Dann fuchzeh' Köpp wollen abgspeist sei'.

Awwer alle Respekt – 's hot geklappt wie im 'e Hodell. Sie henn e aldi Köchin genumme ghatt unn die Mamme hot heit nit in die Küch gebraucht. Die Regine unn's Mariele henn uffgedrage. Die ganz Staatsstubb war ausgeraamt vun iwwerflissige Möwel, nix als den lange Ausziehdisch unn Stühl hot mer gsehne. Unn nooch Blumme hot's geroche an alle Ecke unn Ende. In de Mitt' war's Brautpäärle gsesse, rechts newe dra(n) 'm Schorsch sei' Eltere unn links denewe die Bawett unn de Philp. Dann die annere Kinner so drumrum. De Weikellner hot de Benedikel gemacht, weil der des Messer ghatt hot mit dem lange Stopperziecher.

„Kinner", hot de Babbe gsagt, unn hot sich rausgschöppt, „heit wemmer mol so luschtig sei' wie noch nie. Nor fescht zugelangt, mer henn noch genunk draus!"

Unn dann isch Zeig kumme – ui-ui-uih – so was war noch nit do! Zander mi'me saure Söösel, gebrootene Gockel mit Pommfritt, Lendebroote mit alle Sorte Gemieser, dann Kaffee, Kuuche, Tort, Spritzgebackenes – ach je, was hot de Philp gschwitzt, bis er vun allem versuucht ghatt hot.

Unn wie er mol so e bissel 'n Spritzer ghatt hot vun dem gute Wei' unn hot a(n)gfange zu singe: „Liewer Gott, sinn mir so froh, holdrioh, holdrioh!", hot de Herr Daabheiser de Herr Finkebach gstubbt unn hot gsagt: „Hopp, 's isch Zeit".

Unn die sinn dapper naus in die Küch unn henn die Regine unn die Marie am Arm rei'gebroocht unn henn gfrogt: „Babbe, derfen mir uns nit heit öffentlich verlowe?"

„Meintwege!" hot de Philp gelacht, „unser Dollar sinn noch nit all!"

Abgemacht war's unn die Schmatzerei isch losgange. Ihr liewe Leit, wammer gut gesse unn getrunke hot, geht des noch dausendmol besser.

Unn wie's gege Owend gange isch unn die Platte waren ball leer, hot die Bawett em Philp en samfte Rippestoß gewwe: „Alter, du muscht aa e Redd halte!"

Unn de Philp isch uffgstiche unn isch als mit'm Glas in de Hand so hi(n) unn hergebambelt.

„Ihr liewe Kinner", hot er gsagt, „was soll ich viel redde? Hoch leb' de Unkel aus Amerika, dann der hot eich zammgedollert!"

Unn die Gläser sinn anenanner gstoße – bumsvallera: „hoch, hoch, hoch!" hot alles gekrische – alter Freind in Kalamazzo, was missen dir die Ohre klingle!

XIV. Einscht unn jetz

Unn heit? Schreiwe'mer 1948! Was werren de Philp unn die Bawett mache? Wie henn se die schwere Zeite iwwerstanne? Jesses, do gibt's viel zu verzehle.

Kaum war de Unkel sellemols fort, des heeßt sechs Woche denooch, isch folgender Brief kumme:

„Lieber Philipp", hot er gschriwwe, „ich bin in Amerika wieder gut angekommen und alles war okeh. Ich danke Dir nochmals für die guten Tage bei Euch. O du liebe, schöne Heimat! Es ist mir alles wie ein Traum, der mich nicht verläßt. Ich weiß, Worte sind nicht viel. Ich habe gesehen, daß Ihr alle gesund seid und arbeiten könnt. Ihr habt Euer Auskommen, das ist ein großes Glück. Aber wenn Ihr mal in Not seid oder etwas braucht, das Ihr nicht beschaffen könnt, dann schreibe mir. Dein alter Onkel wird Dir helfen ..."

„Bawett", hot de Philp gsagt, „wie meenscht ...?!"

„Na ..., waart's emol ab! Vorderhand hemmer noch an denne fuchzig Dollar zu zehre, awwer die werren ball druffgehe, wann die Regine unn die Marie heirate wollen."

„Ja, bressiert des so?" hot de Philp so klee(n)laut gemeent.

„Bressiere ...?!" secht die Bawett. „Ich trau dere Inflation nit. De Dollar steigt jo so rasend, daß mir nimmi noochkummen. Des muß doch aa emol uffheere ..."

„Do hoscht recht!" hot de Philp gsagt. „Hopp ..., die Regine unn die Marie sollen mol bei ihre Schwiegerleit, bei's alte Daabheisers unn 's Finkebachs frooge, ob se nit unnerkumme – die henn jo jedes e Haißel drauß uff'm Land. Vielleicht isch des möglich."

Unn's war möglich! Jesses, was e Glick! Die zwee verlobte Päärle henn gstrahlt wie en Drekkaschte, unn die Marie unn die Regine henn e gemeinsames Schreiwes an de Unkel losgeloßt unn henn ihr baldigi Hochzig „pflichtgemäß" mitgeteilt.

Was war de Erfolg? Hunnerd Dollar sinn kumme als Dank, weil se aa so schee(n) die alte Volkslieder zum Abschied mitgejodelt hätten. Ihr liewe Kinner, hoch die Kunscht, do sieht mer's widder!

Unn 's hot e Doppelhochzig gewwe, widder mit Scheeße unn gschmickte Gail unn widder henn die Nochbersleit die Hals geringelt vor Neid. Herrjeh ..., hunnerd Dollar ..., en Wäschkorb voll deitsches Geld hot des gewwe unn nix hot gfehlt, vun de Bettlad bis zum Kochlöffel.

Soo ..., die waren mol unnergebrocht, als dorch den gute Unkel aus Amerika. Unn e Zeitlang denooch sollt de Benedikt kumfermiert werre. „Biewel", hot die Bawett gsagt, schreib's aa nooch Amerika ...!"

Unn der hot aa gschriwwe, mit scheene ladeinische Buchstaawe, wie gstoche, dann er war de Erscht in de Klaß. Unn widder isch ebbes ei'getroffe – zeh Dollar! Des hot gelangt for die Mondur unn sogar noch for e Fahrrad, ach Gott, was e Glick! Dann 's war immer noch in dere Zeit, wu en Dollar e Vermöge war.

Awwer dann isch die Rentemark kumme unn de Fade war abgschnitte. Unn die war doch e Glick for alle Leit. Mer hot mit unserm Geld widder alles kaafe kenne. Mer hot sich nooch de Deck gstreckt unn isch uhne Hilf auskumme. Zwar henn sich de Philp unn die Bawett immer noch zu wehre ghatt. Drei Mädle waren zwar unner de Haub, awwer fimf Setzling noch zu versorge, zwee Mädle unn drei Buwe. Es war en Kampf, bis se all aus de Schul waren. Awwer jedes vun denne isch dann beizeit an die Erwet gschickt worre, die zwee Mädle uffs Büro, die drei Buwe in e Handwerk, unn so isch vun alle Seite do e bissel Zasseres ins Haus kumme, so daß's ke Not gewwe hot.

Nor waren se e bissel eng uffenanner ghockt in dere kleene Wohnung. Dann vun's Kellerfenschters waren aa schun drei kleene Borzel do, unn for e eigeni Wohnung for die hot's immer noch nit geklappt. Brief mit Amerika sinn aa noch hi(n) unn hergange. Awwer de Unkel war unnerdesse älter worre, er war schun ball an die achtzig, unn sei' Schreiwes waren immer kerzer unn zittriger.

Zuletscht hot er gschriwwe, daß er als alter Wittmann sich iwwerlege mißt, ob er zu eenre vun seine zwee verheirate Döchter gehe wollt wege de Pfleg.

De Philp hot, wie er ball sechzig Johr alt war, noch en schwere Schlag getroffe. In dere Fawwerik, wu er als Meeschter beschäftigt war, hot's e Explosion gewwe, unn er hot debei sein linke Arm ei'gebießt. Jesses, war des e Elend, wie er nimmi hot schaffe kenne. Als deheem hocke in denne vier dunkle Wänd unn ke Ruh dorch die kleene Enkelkinner. Herrgott, wammer nor ee(n)mol zu dem enge Loch naus kennt! Draus vor de Stadt hot sich ewe e Siedlung uffgemacht, wu mer sich for e paar dausend Mark hot ei'kaafe kenne, for e eigenes Haisel zu kriege. Ja, awwer wu hernemme unn nit stehle?!

„Schreib's emol em Unkel", hot die Bawett gesagt. „Vielleicht kann er helfe."

Unn de Philp hot en Brief losgeloßt unn sein ganze Lascht gschildert, vum verlorene Arm unn vum Wohnungselend unn vun de Aussicht for e Haise. Lang, lang henn se uff Antwort gewart, awwer am e scheene Dag isch en versiegelter Brief kumme mit viel amerikanische Marke druff – jesses, was gibt's do?!

„Bawett", hot de Philp gsagt, „mach'en uff ..., ich kann nit ..., ich bin so zittrig ...!"

Unn des Schreiwes hot gelaut:

„Lieber Philipp! Ich liege krank zu Bett und fühle mein Ende herankommen. Obwohl ich hier in Amerika ein gutes Leben hatte, werde ich doch die Sehnsucht nach meiner alten Heimat mit ins Grab nehmen. Ich habe mit großer Betrübnis von Deinem Unglück gehört, und da ich Dir nach meinem Tode doch etwas vermachen wollte, tue ich es jetzt schon und lege Dir einen Scheck über dreitausend Dollar zu Deiner Verfügung bei. Baue Dir ein Häuschen nach Deinem Sinn, verbringe einen frohen Lebensabend und denke oft mit Liebe an

Deinen alten Onkel und Paten

Philipp."

De Philp hot des große Glick kaum begreife kenne. Er hot als den Brief ans Herz gedrickt unn debei gegreint wie en kleener Bu. „Mein guter, guter Unkel!" hot er als gsagt. Unn die ganze Familje isch drumrum gstanne unn hot sich als die Träne gewischt. Gibt's dann sowas ..., dreidausend Dollar ...!

Nooch de erschte Beruhigung, hot de Philp de ganze Dag den Scheck in de Hand ghatt unn gelacht in eener Dhur. Alle Leit hot er'n zeige wolle. Awwer die Bawett isch'em dezwischegfahre. „Närrischer Kerl", hot se gsagt, „bleib nor in de Hosse! Du bischt jo de reinscht' „Scheckspier". Halt dei' Maul unn verzehl's nit jedem, sunscht kummt's Finanzamt noch an dich!"

Unn des Haisel drauß in de Gaardestadt war im e halwe Johr fertig unn sogar fascht ganz bezahlt. Unn mit „ollreiht" sinn se ei'gezoche, in de zwette Stock 's Kellerfenschters unn parterre die Alte. Unn Bääm sinn gsetzt worre in dem große Gaarde, unn's nägscht Johr hot's schun gebliht – de Staat all! „Acht Gott", hot de Philp als gejuugst, „haw ich e Glick – o Pälzerland, wie schee(n) bisch du!"

Jeden Dag hot er sich meh gfreet, wann die Vöchel um sei' Haisel so gezwitschert henn unn die Blumme zu seinre Fenschtere rei'gelacht henn.

Awwer am e scheene Dag isch der u'glickselig Krieg kumme unn alles Glick war beim Deifel. Mit Amerika war's wie abgeschnitte. Die Schwiegersöhn unn die Buwe henn fortgemißt unn viel, viel Sorge sinn dogebliwwe. Unn was hot mer springe misse wege denne u(n)selige Bombe!

Unn was war's End? De Kellerfenschter Schorsch gfalle, de Benedik gfalle unn de Kaal vermißt! Des war e Elend! Awwer alles hot zammegholfe, um dere Sach Herr zu werre, die Alte, die Kinner unn die Enkelkinner. 'S Haisel war an alle Ecke unn Ende kaputt. In zwee Löcher henn se beisamme hocke misse, unn 's hot rei'geregent, daß mer nor mit'm Regescherm ins Bett gekennt hot. Awwer sie sinn dewedder gange, unn den ganze Dag isch Speis gerihrt worre, um die Spring unn Löcher zu verschmiere.

Am schlimmste war awwer doch des Schicksal vun dem arme Kaal – vermißt, was Grausames! Jesses, wissen'er noch, wie er als Kaalche in de Eierkischt hot schloofe misse? Wu werd er jetzt schloofe, im e Bett odder unnerm Bodde? Dag unn Nacht hot die Bawett simeliert unn isch gro unn bucklich worre vor lauter Kummer. Unn de Philp hot als in ee(n) Loch nei'geguckt. – „Liewer Herrgott", henn se als gseifzt: „Loß' en doch widder kumme!"

Unn wie die Not mit dere Esserei immer schlimmer worre isch, henn se gar oft an Amerika denke misse. Wann des de Unkel wißt! Werd er dann noch lewe? Fünf Johr hot mehr jetzt nimmi schreiwe kenne, was kann do alles bassiert sei'?!

Awwer am e scheene Dag war de Briefverkehr widder offe unn schnurstracks henn se e Schreiwes an de Unkel losgeloßt unn ihr ganz Elend geschildert. Die Jingscht, die Lina, wu im Büro war, hot's schreiwe misse unn de Philp hot mit seine zittrige Hand sein Name drunner gsetzt. „Walt's Gott!" hot er gsagt.

Unn acht Woche denooch war schun Antwort do, zwar nit vum Unkel, sondern vun seinre Dochter Edith, wu mit eme Amerikaner verheirat isch unn nimmi deitsch schreiwe kann. Awwer zum Glick hot die Gisela, 's Kellerfenschters ihr ältschti Dochter englisch gekennt, dann sie war in de Handelsschul unn jetz im e Übersetzungsbüro beschäftigt. Unn die hot dann den ganze Inhalt verglickert.

De Unkel isch 1942 gstorwe, hochbedagt, mit viereachtzig Johr. Sein letschter Gedanke wär an die Heimat gewest. Er hätt als gsagt – vergesse'mer Eiern Kusäng, de Philp, nit. Der werd in dem Krieg manches leide misse unn später noch meh. Schreiwen dann glei unn helfen'en, so gut als's geht. Sie unn ihr Schweschter Florence wären in gute Verhältnisse unn hätten des Glick, daß ihr Buwe, wu aa im Krieg waren, widder gut heem kumme sinn. Dodefor wären se Gott dankbar unn dheden jetz ihre Verwandte in Deitschland gern helfe, so gut 's geht. Sie sollten nor schreiwe, was sie bräuchten. Die Woch ging noch e Paketel ab. Ach liewer Strohsack, was e Glick, wann's nor schun do wär!

Unn wie e U(n)glick selde allee(n) kummt, kummt aa merschtendeels 's Glick zu zwett. E Kaart vun Hamburg isch kumme, vun wem meener'er? Vum Kaal! Er dhed lewe, wär frei unn käm ball heem.

Ach Gott, ach Gott, war des e Glickseligkeit. De Philp unn die Bawett sinn uff die Knie gsunke unn henn unserm Herrgott gedankt. Unn verschmatzt henn se sich dann wie in junge Johre.

Weihnachte 1946 war vor der Dheer gstanne, unn die Not war noch ganz u(n)sagbar. Ke Fett, ke Fleesch, ke Mehl, ke Zucker, unn all sperren se's Maul uff – ja, was soll mer dann koche?! Liewer Himmel, was werd der Bu gucke, wann er nor schun do wär!

Unn am 23. Dezember middags hot's gschellt – die Bawett schnell an die Dher. Jesses, wer steht do …?! „Mutter …" kreischt's unn zwee henken anenanner – „Kaal …, mei' liewer Bu …! Jesses, du armer blasser Bu, bisch du's …?!"

Unn 's ganze Haus isch zammegeloffe unn hot den arme Kerl verkißt. Die Mutter hot sich setze misse unn de Kaal hot sich hi(n)gekniet unn hot sein Kopp in ihr Schoß nei'ghenkt – „Gottseidank, ich bin deheem!" Unn sein Vatter isch denewe gstanne unn hot mit seinere eene Hand als sein Hoorwuschel gstreechelt.

Ach, was hot's zu verzehle gewwe – nee(n), mer kann nit alles uff ee(n)mol sage!

Unn die Bawett war plötzlich widder Hausfraa. „Liewer Bu", hot se gsagt, „was soll ich dann koche, um dich widder hochzubringe …?! Mer henn jo nix!"

Unn do hot de Kaal se all mol richtig betrachte misse. „Ach Gott, sinn ihr all so mager worre!"

Unn widder war's Glick nit allee(n), dann ewe gellert die Schell. Wer werd des sei?! De Briefbott! „Pakasch!" kreischt er unn langt e Kaart rei' vun Amerika, e Paket wär abzuhole! Unn dapper isch eens uff die Poscht gsprunge unn hot's gholt. Was war drin? Lauter Sache, wu mer schun lang nimmi gsehne hot: Mehl, Derrfleesch, Zucker, Schoklad – ja, gibt's dann sowas …?!

„Mer mißt se kisse, die gute Verwandte", hot de Philp als gegreint. „O du guter Unkel, Gott haw'en selig!"

Unn Weihnachte isch gfeiert worre wie schun lang nimmi. „O du fröhliche, o du selige …" unn doch waren Träne debei, dann de Kellerfenschter Schorsch unn de Benedik henn gfehlt.

Unn de Briefverkehr isch weiter gange unn immer waren Paketle dezwische, schun iwwer zwee Johr. Stännig hot de Philp im englische Lexikon Wörter gsuucht, wu Lewensmittel bedeiten. „Fat …, flour …, sugar", herrjeh, was hot de Philp schun englisch gekennt, e bissel meh wie vor fimfezwanzig Johr, wu er bloß „ollreiht" unn „Mixpikl" hot sage kenne. Bei jedem Brief, wu die Gisela uff englisch nooch Amerika hot schreiwe misse, isch er dezwische gfahre. Hoscht's aa nit vergesse, was mer am nödigschte brauchen … fat, flour and sugar …?! Gell unn schreib am Schluß nor aa zehmool ‚thankful' drunner!"

Unn was war de Erfolg? All henn se widder runde Köpp kriegt unn glänzende Aage, sogar de Kaal hot ball widder sei' altes Format ghatt. Alles dorch die gute Verwandte vun Amerika!

Die goldne Fäde sinn so weiter gange, fort unn fort. Wohl dem, wu soviel Herz unn Gemiet uffbringt, um die A(n)hänglichkeit an die Heimat hochzuhalte!

Dann an dere Gschicht hot sich widder bewahrheit sell Sprichwort, wu in de ganze Welt Geltung hot:

Blut isch dicker als Wasser.

Anhang

Worterklärungen

A. Schwerverständliche pfälzische Ausdrücke

aardlich – ordentlich
alle gebott – jeden Augenblick

Balwierer – Barbier, Friseur
Benemmidät – Benehmen
Bläß – Blessur
Brulljes mache – angeben, prahlen
Bumad – Pomade
Bunt – dicker, hoher Hefekuchen

Damp – Rausch
dapper – schnell, geschwind
dhedemer – täten wir
Dodsche – Hände
Doofel – Tafel, gedeckter Tisch

ehdärmlich – erbärmlich
ewegg – begeistert

Gaunschel – Schaukel
gedippelt – gelaufen
geditte – gezeigt
gedoofelt – gegessen, getafelt
gegellert – geschrien
Gegummrekern – Gurkenkern
geleddert – gezahlt
gewergelt – gewälzt
Gibsle – kurze Pfeifen
Gödel – Patin
Grumbeere – Kartoffeln
gspachtelt – gegessen

Händsching – Handschuhe
Halsankel – Genick
Hember – Hemden
hemmer – haben wir
Hoorige Knöpp – Kartoffelklöße

Kehrt – Kurve
Krete – Kröten, Geld
Krott – Kröte
Kufferdel – Köfferchen

letz – verkehrt, schief
lodder – locker, los
Lummelsbroote – Hasenbraten

Massemassem – Geld

nodert – danach
Nuckerle – Nickerchen
numme – nur

Odere – Adern

Petter – Pate

Rech – Rain
Rheimadis – Rheuma

Schawwesdeckel – Sonntagshut
Scheeß – Pferdedroschke, Kutsche
Schlickser – Schluckauf
Schnääker – Feinschmecker
Schnookes – Unsinn
Schwadem – stickige Luft
Schwiddjeh – Luftikus
Seel – Seil
siddig – siedend
Stopperziecher – Korkenzieher

verbambutschieren – verschwenden

w'emm'erm – wollen wir ihm
Werrsching – Kopf
Wichs – Schuhcreme; kurze Lederhose

Zasseres – Geld
zweeezwanzighunnerd – zweiundzwanzighundert = 2200
Zwockl – Neckname für die Bayern

B. Englischsprachige Ausdrücke

bjudifull (beautiful) – schön
Ei-senk-juh (I thank you) – Ich danke Ihnen/Euch/Dir
fat – Fett
fehruell (fare you well) – lebe(n Sie) wohl
flour – Mehl
gudbei (good-bye) – Auf Wiedersehen

haudujuduh (how do you do) – Wie geht es Ihnen/Dir
Mixpickl – Mixed Pickles
okeh (okay) – richtig, stimmt
ollreiht (all right) – in Ordnung; ganz recht!; gut!; schön!
sugar – Zucker
thankful – dankbar
Tu tickets, först pläs (Two tickets, first place) – Zwei Kar-
   ten, erste Reihe
wellwell – gutgut
werry well (very well) – sehr gut
wonderfull (wonderful) – wunderbar, -voll, -schön; erstaun-
   lich
Wotterklosset (water-closet) – WC

C. Bayrische Ausdrücke

damisch – dämlich
Deifi – Teufel
Fisag'n – Visage, Gesicht
Fruah – Frühe
Mo' – Mann
sengs – sehen Sie

Bibliographie
Ludwig Hartmann: „De Unkel aus Amerika"

Erstdruck
Pfälzische Rundschau – Unabhängige Zeitung für nationale Politik, 23. Jahrgang, 1922, Ludwigshafen: Waldkirch, Rubrik „Pälzer Art unn Pälzer Sinn",

> Nr. 192, Donnerstag, 17.8.1922, S.7
> Nr. 198, Donnerstag, 24.8.1922, S.7
> Nr. 204, Donnerstag, 31.8.1922, S.7
> Nr. 210, Donnerstag, 7.9.1922, S.6
> Nr. 216, Donnerstag, 14.9.1922, S.7
> Nr. 222, Donnerstag, 21.9.1922, S.7
> Nr. 229, Freitag, 29.9.1922, S.7
> Nr. 234, Donnerstag, 5.10.1922, S.7
> Nr. 240, Donnerstag, 12.10.1922, S.7
> Nr. 246, Donnerstag, 19.10.1922, S.7
> Nr. 252, Donnerstag, 26.10.1922, S.7
> Nr. 259, Freitag, 3.11.1922, S.7
> Nr. 264, Donnerstag, 9.11.1922, S.7

Buchausgaben

1. De Unkel aus Amerika. Eine heitere Pfälzer Erzählung, Ludwigshafen: Julius Waldkirch 1923; 99 S.
2. De Unkel aus Amerika. Eine heitere Pfälzer Erzählung, 2. Auflage. Mit Illustrationen von Gustav Rossi, Ludwigshafen: Julius Waldkirch 1925; 98 S., 1 Bl.
3. De Unkel aus Amerika. Eine heitere Pfälzer Erzählung, 3. Auflage, Neustadt: D. Meininger 1954; 100 S.
4. De Unkel aus Amerika. Eine heitere Pfälzer Erzählung. Mit Illustrationen von Doris Gaab-Vögeli, herausgegeben von Bruno Hain, Neustadt: Verlag für Pfälzer Literatur, Sach- und Fachbücher 1986; 100 S., 2 Bl.

Sonstige Ausgaben

De Unkel aus Amerika. Eine heitere Pfälzer Erzählung, Beilage zu „Die Pfalz am Rhein", Neustadt, D. Meininger 1953/54; 34 S., 1 Bl.

26. Jg., H.11, Nov. 1953 (S. 1–4)
26. Jg., H.12, Dez. 1953 (S. 5–8)
27. Jg., H.l/2, Jan./Febr. l954 (S. 9–12)
27. Jg., H.3, März 1954 (S. 13–16)
27. Jg., H.4, April 1954 (S. 17–20)
27. Jg., H.5, Mai 1954 (S. 21–24)
27. Jg., H.6, Juni 1954 (S. 25–28)
27. Jg., H.7, Juli 1954 (S. 29–34)

Zweispaltig gedruckt. Erstdruck der „Entstehungsgeschichte" und des Kapitels XIV: „Einscht unn jetz"

De Unkel aus Amerika
Eine heitere Pfälzer Erzählung?

Es war einmal ein junges Bürschlein im Alter von gut zehn Jahren, das ging jeweils am Freitag für eine alte Frau aus der Nachbarschaft einkaufen, ging zum Bäcker, Metzger, Schuhmacher, in den Tante-Emma-Laden am oberen Ende der Straße, deren Besitzerin tatsächlich Emma hieß und auch mit „Tante" angeredet wurde. Schon nach wenigen Wochen kannte das Bürschlein den Einkaufszettel auswendig. Es waren immer die gleichen Sachen, die besorgt werden mussten. Änderungen gab es sehr selten, gab es eigentlich immer nur dann, wenn ihm vorher gesagt wurde, dass es erst zur Bank müsse, Geld tauschen. Es besah sich die Geldscheine, die auf der einen Seite grün, auf der anderen Seite schwarz waren, entzifferte die Zahlen, las „United States of America" und „Dollar". Dann musste es den Einkaufszettel genauer studieren, weil da nämlich Dinge darauf standen, die es sonst nie einkaufen musste: Mal war es ein Stück Kuchen, mal eine besondere Sorte Wurst, mal echten Kaffee, mal ein gutes Stück Fleisch. Es wunderte sich eigentlich nur, dass man für einen ausländischen Geldschein, auf dem eine „10" stand, vier Scheine des vertrauten Geldes, auf denen jeweils auch eine „10" stand, und obendrein noch einige Münzen bekam. Das Bürschlein staunte zwar darüber, fragte aber nicht, welche Bewandtnis es mit den Geldscheinen hatte, freute sich vielmehr wenn es zur Bank gehen durfte, denn dann erhielt es, statt der üblichen fünf Groschen, eine ganze Mark als Belohnung.

Zu dieser Zeit schrieb man im Kalender das Jahr 1965. Der Ort der Handlung war ein Dorf in der Vorderpfalz. Das Bürschlein war ich.

*

Schon die „Entstehungsgeschichte" des Buches „De Unkel aus Amerika" mutet lustig, heiter, froh an, gewährt Einblicke in die Entstehungszeit der Erzählung und in die Arbeitsweise des Verfassers. Sie täuscht aber auch und verschweigt. Es könnte beim Lesen durchaus der Eindruck erweckt werden, dass nicht nur „de Unkel", sondern auch die ganze Sippe des „Philp", als da außer ihm noch sind die Bawett, acht lewendige Kinner und drei Schwiegersöhn', eine Erfindung des im Auftrag einer Zeitung schreibenden Ludwig Hartmann aus dem Jahre 1922 wären. Ein Irrtum, wie sich beim Blick in die „Pfälzische Rundschau" aus den Jahren vor und nach 1922 herausstellt. Die Philp'sche Sippe hat Tradition. Sie tauchte in der besagten Zeitung immer dann auf, wenn besondere Ereignisse und Begebenheiten glossiert werden sollten, so etwa eine Mannheimer Theaterinszenierung von Maler Müllers „Schafschur" anno 1921, eine „Wärm-Ausstellung" in Ludwigshafen 1922 („Ich hab's!", kreischt de Kaalche, „do sinn Werm, richtige Werm ausgstellt!"), bis hin zum „Oktoberfest" 1925. Einige dieser Erzählungen hat Ludwig Hartmann in seine Bände „Muscht nit greine!" (1924) und „Deheem isch deheem" (1928) aufgenommen. Die Mehrzahl von ihnen gerieten, vielleicht wegen ihrer vermeintlichen Tagesaktualität, in Vergessenheit. Mit in diesen Zyklus der „Philp-Geschichten" gehört auch „De Unkel aus Amerika". Eine Sonderstellung nimmt sie in mehrfacher Hinsicht ein: Abgesehen davon, dass sie die umfangreichste Geschichte dieses Zyklus' bildet, ist sie die Geschichte, an der Ludwig Hartmann am intensivsten und längsten gearbeitet hat. Letztendlich ist sie auch ein Höhepunkt Hartmann'scher Dichtkunst.

*

Das Gespenst im Deutschland der damaligen Zeit war die Inflation, ein wichtiges Thema in Hartmanns Erzählung. Wie rapide der Dollar stieg und die Mark verfiel konnte jeder Leser selbst verfolgen. Welch astronomische Summen damals erreicht wurden, lässt sich auch am Verkaufspreis von Hartmanns Buch zeigen. Als „De Unkel aus Amerika" im April 1923 auf den Markt kam, kostete die gebundene Ausgabe im Grundpreis 1 Mark, der Ladenverkaufspreis betrug 3600 Mark. Im Mai wurde der Grundpreis auf 1,40 Mark erhöht und blieb bis zum Oktober konstant. Laut Anzeigen in der „Pfälzischen Rundschau" zahlte man 1923 im Buchhandel für den „Unkel aus Amerika":

Mai	4200 Mark
Juni	11 200 Mark
Juli	21 000 Mark
30. August	1 680 000 Mark
27. September	49 000 000 Mark
4. Oktober	70 000 000 Mark
11. Oktober	238 000 000 Mark

1922/23 kostete 1 US-Dollar in Deutschland (nach Angaben der „Pfälzischen Rundschau"):

Januar 1922	200 Mark
Juli 1922	500 Mark
1. August 1922	640 Mark
15. August 1922	1000 Mark
25. August 1922	2000 Mark
1. September 1922	1400 Mark
15. September 1922	1500 Mark

30. September 1922	1600 Mark
Januar 1923	18 000 Mark
April 1923	24 500 Mark
Mai 1923	47 700 Mark
Juni 1923	110 000 Mark
Juli 1923	350 000 Mark
August 1923	4 600 000 Mark
September 1923	98 800 000 Mark
Oktober 1923	2 193 600 000 000 Mark
15. November 1923	4 200 000 000 000 Mark

Im Januar 1922 stiegen die Lebenshaltungskosten gegenüber dem gleichen Monat des Vorjahres um 73,7 Prozent. Im Oktober 1923 reichte der Wochenlohn eines qualifizierten Facharbeiters aus, um einen Zentner Kartoffeln zu kaufen. Ein Pfund Margarine kostete den Lohn für neun bis zehn Arbeitsstunden, ein Pfund Butter den für zwei Tage. Für einen Zentner Briketts musste man zwölf Stunden arbeiten. Für sechs Wochen Arbeit erhielt man ein Paar Stiefel der einfachsten Machart, für die Arbeit von zwanzig Wochen einen Anzug. 2,4 Millionen Kurzarbeiter gab es Mitte Dezember 1923 in Deutschland. Zur gleichen Zeit waren 3,5 Millionen ohne Arbeit. Beamten und Angestellten des Reiches konnte in jenem Monat nur die Hälfte des regulären Gehalts ausgezahlt werden.

Am 4. Juni 1922 erfolgt ein Attentat auf Philipp Scheidemann; am 24. Juni 1922 wird Walther Rathenau, Minister des Auswärtigen, von Rechtsradikalen ermordet. Am 11. Januar 1923 wird das Ruhrgebiet von französischen und belgischen Truppen besetzt. Bis zum 1. November 1923 hatten die französischen Militärbehörden 20 992 Pfälzer aus ihrer Heimat ausgewiesen – das entspricht einer Quote von 2,5% der Bevölkerung. Unter den Ausgewiesenen befanden sich auch Ludwig Hartmann und seine Familie. Am 9. November 1923 findet in München Hitlers Putsch-Versuch statt. Am 12. November wird in Speyer von den Separatisten die „Pfälzische

Republik" proklamiert. Am 15. November wird die Renten-
mark als gesetzliches Zahlungsmittel eingeführt. Die BASF-
Bilanzsumme zum 31. Dezember 1923 betrug 65 733 583
748 409 448 467 Mark (lies: 65 Trillionen 733 Billiarden 583
Billionen 748 Milliarden 409 Millionen 448 Tausend 467).

*

„De Unkel aus Amerika": Philipp mit Namen, geboren 1858
in einem südostpfälzischen Dorf, evangelisch. 1880 verlässt
er, aus welchen Gründen auch immer, seine Heimat, verlässt
das Bismarck-Reich, geht, wie so viele Landsleute vor ihm, in
das Land der unbegrenzten Möglichkeiten, das Land wo Milch
und Honig fließen: Amerika. Dort, in der Neuen Welt, fand
er, wie so wenige Landsleute vor ihm, ganz offensichtlich sein
Glück, gelangte zu Geld und Ansehen, gründete eine Familie.
Mehr als 40 Jahre danach drängt es ihn, noch einmal seine
Heimat zu sehen, kommt er in ein Land, das nach einem ver-
lorenen Krieg politisch, wirtschaftlich und sozial total erschüt-
tert und zerrüttet ist: Die Weimarer Republik wechselt ihre
Kanzler und Minister wie Leute ihre Hemden, die Mehrzahl
der Bevölkerung verarmt zusehends, politische Ausschreitun-
gen und Morde sind an der Tagesordnung. Seine Heimat, die
Pfalz, ist anscheinend ein staatliches Zwitterwesen, ein Nie-
mandsland unter französischer Oberhoheit, dessen Einwoh-
ner heillos zerstritten sind in pro/contra Deutschland/Frank-
reich/Autonome Pfalz, ihre Meinungen mit schlagkräftigen
Argumenten in andersdenkende Köpfe einprügeln wollen.
Deutschland 1922: In Oberammergau fanden endlich die
Passionsspiele statt, die man 1920 aus Trauer, wegen des „Aus-
falls" wichtiger Spielkräfte („Sie ruhen auf dem Felde der
Ehre!") und angesichts der wirtschaftlichen Verhältnisse um
zwei Jahre verschoben hatte. Der „Jesus" des Jahres 1922 hieß
mit bürgerlichem Namen Anton Lang. In Bad Dürkheim scher-
te man sich nicht um Besatzung und Inflation, zelebrierte man

auch 1922 den Wurstmarkt in gebührender Weise. Der nächste sollte erst wieder 1924 stattfinden.

Der Neffe in Deutschland: Philipp mit Namen – pfälzisch: Philp, geboren um 1876 in Ludwigshafen, einer ganz jungen, explosionsartig expandierenden Stadt, deren Zukunft die chemische Industrie, allen voran die BASF, sein sollte, eine Stadt, die arbeitswilliges Menschenmaterial brauchte und die bäuerliche Landbevölkerung aus der Umgebung magisch anzog, eine Stadt, die kein historisch gewachsenes Gemeinwesen war, sondern ein Sammelsurium von „Einwanderungen" und Eingemeindungen; die aus dem Boden gestampfte Stadt als Arbeits- und Einkaufsstätte, die nicht zu persönlichen Identifikationsmöglichkeiten einlud oder gar Heimatgefühle wecken konnte, deren Einwohner nicht als „Ludwigshafener" lebten, fühlten, dachten, sondern, wie eh und je, als Oggersheimer, Rheingönheimer, Oppauer. Die Stadt brauchte Wohnräume für jene, die nicht pendelten, hier ansässig werden wollten. Arbeitersiedlungen, Arbeiterviertel entstanden: Hemshof. Ludwig Hartmanns „Philp" war einer, ein „Hemshöfer". Die Herkunftsbezeichnung „Hemshof" genügte eigentlich zur Diskreditierung. „Hemshof" als Synonym für licht- und arbeitsscheues Gesindel, Sozis, Kommunisten, Revoluzzer, Analphabeten, Tunichtgute, Säufer, Asoziale ...

„Die Länge ist egal ..." – der „Hemshof-Boogie" von der „Hemshof-Friedel" (1914–1979); der „Hemshof" als Beispiel für die Ghettoisierung eines Stadtteiles, Vorurteile „wohlsituierter" (klein-)bürgerlicher Großstädter. Gerade während der Inflationszeit musste es die Hemshof-Bewohner besonders hart treffen. Die dort lebenden Großfamilien, die Philp'sche Sippe ist symptomatisch, brauchten den sprichwörtlichen Sack voll Geld fürs tägliche Brot. Einen Sack konnte man zur Not immer auftreiben: Ein Stadtteil wurde zum Armenhaus.

*

Die Onkels aus Amerika: Nach 1918 und 1945 standen sie auf einer Stufe mit dem lieben Gott, standen über ihm. Wie heute Amerikaner in Deutschland aus irgendwelchen Prestigegründen nach Vorfahren buddeln, so gruben damals die Deutschen in Kisten und Erinnerungen, hoffend, irgendwo einen Namen zu finden, den Namen eines Familienmitgliedes, das vor kurz oder lang übers Meer gegangen und vielleicht in Amerika angekommen war. Das schwärzeste Schaf einer Familie wurde zum reinweißen Lämmlein gefärbt, mit dem Taufpaten von Ururgroßmutters Großonkel war man noch nie so verwandt, hatte noch nie so zartfühlende Familienbande verspürt wie in eben jenen Tagen. Not wurde zur überlebenswichtigen Tugend. Glücklich priesen sich all jene, die tatsächlich Verwandte dort drüben hatten. Neidisch blickten all jene, denen dieses Glück versagt war, blickten hoffend, dass man vielleicht doch noch jemand finde, dass sich vielleicht auch jemand von dort drüben erinnere.

Das Gespenst „Dollar" wurde zur heiligen Kuh, machte die Menschen der Inflationszeit aber auch glauben, dass alle Amerikaner Multimillionäre seien, gab der Legende vom „paradiesischen Land" neue Nahrung. Die in amerikanische Verwandte gesetzten Erwartungen stiegen ins Unermessliche und man vergaß gar schnell, oder wollte es erst gar nicht wissen, dass es auch in diesem Lande Armut und Hunger gab, Menschen unter dem Existenzminimum lebten. Es schien unumstößlich festzustehen: Alle, die nach Amerika gegangen waren, haben als Tellerwäscher angefangen und als Milliardär aufgehört. Der außerhalb Amerikas geträumte amerikanische Traum. Ludwig Hartmann hat auch Philps amerikanischen Onkel Philipp mit dieser US-Aureole versehen.

*

Philipp und Philp: Das scheinen auf den ersten Blick zwei ganz unterschiedliche Typen zu sein. Philipp: ruhig, sachlich, abgeklärt, behäbig, wohlsituiert, weltgewandt; Philp: tollpatschig, großsprecherisch, dünkelhaft.

Jedoch sind ihre Gemeinsamkeiten unübersehbar: Beide sind darauf aus, „auf ihre Kosten" zu kommen, was ihnen auch gelingt. Dabei zeigt sich, dass Philipp mehr Geschäftssinn an den Tag legt. Er kauft mit seinen Dollars was das Zeug hält. Es ist anzunehmen, dass er die gekauften Dinge nach seiner Rückkehr in die Staaten mit Gewinn verscherbelt. Philp dagegen glaubt, seinem Onkel gegenüber zunächst kräftig auf den Putz

Ludwig Hartmann, 1950er Jahre

hauen zu müssen, damit dieser ja nicht glaube, er habe es mit „armen Leuten" zu tun. Ein kostspieliger Teppich muss angeschafft werden, beim Wein zum Essen ist der beste gerade gut genug, das Essen selbst besteht zum Teil aus Gerichten, die es in Philps Familie normalerweise nur an Sonntagen oder höchstens Feiertagen gibt. Philps falsche Rechnung: Während er glaubt, dass der Onkel Dollars „springen" lässt, wenn er sieht, dass es der Familie gut geht, glaubt der Onkel tatsächlich an die vorgespiegelten falschen Tatsachen, sieht keine Notwendigkeit, seinen Neffen finanziell zu unterstützen, nicht aus Geiz, sondern aus seiner Unwissenheit heraus. Hinzu kommt, dass es Philps Stolz nicht zuließe, den Onkel über seine wahre Lage aufzuklären. Das schiefe Bild, welches dadurch beim Onkel entsteht, lässt aber auch den Schluss zu, dass der Onkel nur am steigenden Dollarkurs interessiert ist. Ihm gelingt es, seine Schäfchen ins Trockene zu bringen. Er macht sich nicht sonderlich viel Gedanken über die damalige Situation, auch seine Stoßseufzer „Armes Deutschland" zeugen eher von einer äußerlichen Anteilnahme. Es liegt aber nicht nur an ihm: Die Kneipen in München sind wie immer proppenvoll, Oberammergau ist ausgebucht, Touristen kraxeln wie eh und je in den Bergen, auf dem Wurstmarkt herrscht reger Trubel und pfälzische Gemütlichkeit. Sein Besuch im Heimatdorf reiht sich nahtlos ein. Es war schon vorher, zu seiner Zeit, eine ärmliche Gegend, und dass gerade nach einem verlorenen Krieg „Not am Mann" ist, dass es an Geld, oft auch an Grundnahrungsmitteln fehlt, ist eine unumstößliche Tatsache und Folgeerscheinung. Einerseits sieht er die Not, stiftet ein paar Dollar, andererseits kauft er sich damit aber auch ein ruhiges Gewissen. Seine Einstellung zu dem Gesehenen und Erlebten ändert sich erst, als er wieder in Amerika ist.

*

Seit 1905 lebte der 1881 in Speyer geborene Ludwig Hart-
mann in Ludwigshafen. Seine Vorfahren stammen aus der Süd-
pfalz, waren Bauern. Seinen Vater hatte es in die damalige
Kreishauptstadt Speyer verschlagen, seine Frau und seine zehn
Kinder konnte er oft mehr schlecht als recht ernähren. Ludwig
wurde Eisenbahnbeamter. Als solcher kam er nach
Ludwigshafen, seine neue Heimatstadt. Er lernte sie und ihre
Einwohner sehr gut kennen, wusste von all ihren Macken und
Mucken, kannte ihre Freuden und Leiden, wusste bei ihren
Wehwehchen mit seinem sonnigen Humor zu helfen. 1914
erschien sein erstes Buch: „Pälzer Schternschnuppe". Berühmt
machten ihn seine „Kinnersprich vum Ludewig" aus dem Jahr
1920. In Ludwigshafen ist er 1967 verstorben.

Auch der Illustrator erblickte in der Domstadt das Licht
der Welt. Als Spross einer alten Gimmeldinger Familie wurde
Gustav Rossi 1898 in Speyer geboren. Seinen Lebensunter-
halt verdiente er als Zink- und Steindrucker bei der BASF.
Spätestens 1922 sind seine Bilder in Ausstellungen zu sehen.
Vorbilder lassen sich ausmachen: Heine, Arnold, Grosz –
seine Zeichnungen würden stilistisch in den legendären
„Simplicissimus" passen. Nach 1933 war Rossis Zeichenkust
so verpönt wie die der genannten Großen. 1976 ist er in sei-
nem Heimatort verstorben.

*

„Eine heitere Pfälzer Erzählung"? Niemand wird abstreiten
wollen, dass es im „Unkel aus Amerika" kunterbunt-lustig
hergeht, dafür sorgt schon der schrullige Philp mit seinen Es-
kapaden. Sieht man diese Geschichte aus einer entsprechen-
den zeitlichen Distanz, muss man sagen, dass sich die Erzäh-
lung mit dem Adjektiv „heiter" nur sehr unzulänglich charak-
terisieren lässt. „De Unkel aus Amerika" ist vielmehr eine
„tragikomische" Geschichte. Beispiel Wurstmarkt-Kapitel: „De
kleene Kaalche isch vorne naus unn hot e Schildel uff ere Stang
getrage unn do druff war gstanne:

De Unkel vun Amerika bezahlt heit!"

Stellt man sich diesen feierlichen Zug vor, so muss dies „ein Bild für Götter" gewesen sein, lustig und putzig anzuschauen, zum Schmunzeln einladend. Aber: Schaut man dann hinter die Kulissen, dreht man die Stange mal um, so lassen sich zwei Seiten einer dubiosen Medaille ausmachen. Erstens: Dieser „Zug" ist ein großkotziges Imponiergehabe, bei dem Philp zeigen will, wer er und seine Sippe ist, und wer die anderen, all jene, die eben keinen „Unkel aus Amerika" haben, nicht sind. Zweitens: Es ist ganz offensichtlich, dass es für die Philp'sche Sippe ein Ding der Unmöglichkeit gewesen wäre, so geschlossen zum Wurstmarkt auszurücken, hätte es den „Unkel" nicht gegeben.

Man muss diese Geschichte immer auch unter diesem Vorzeichen lesen: Was hätte/täte/wäre die Philp'sche Sippe ohne den Onkel. Macht man diese Abstriche, kann man konstatieren, dass Ludwig Hartmann mit seiner Erzählung „De Unkel aus Amerika" mehr als nur ein unterhaltsames Werk geschrieben hat. Seine Erzählung entpuppt sich bei genauerem Hinsehen als ein hochinteressantes Zeit- und Gesellschaftsdokument. Ihn hat die Inflation schließlich auch getroffen. Dadurch, dass er der Geschichte einen vordergründig heiteren Anstrich gab, treten viele darin angesprochene Probleme in den Hintergrund. Dabei geht es aber nicht nur um die Inflation. Wichtig in dieser Geschichte ist auch die Suche nach der Heimat, die Suche nach einer Identifikationsmöglichkeit. Das tränendrüsendrückende Kapitel „Im Heimatdorf" ist ein Beispiel. Man sollte sich davor hüten, es als Kitsch abzutun, denn dazu ist Ludwig Hartmann nicht das rechte Sentimentalchen.

Bruno Hain

Abbildungsnachweis
Seite 2 und 128: Privatbesitz (Repro: Bruno Hain).
Zeichnungen: Gustav Rossi (aus der zweiten Auflage, Ludwigshafen am
Rhein: Waldkirch, 1925)

Die Deutsche Bibliothek – CIP-Einheitsaufnahme
Die Deutsche Bibliothek verzeichnet diese Publikation in der Deutschen
Nationalbibliographie;
detaillierte bibliografische Daten sind im Internet über
http://dnb.ddb.de abrufbar.

ISBN 978-3-934845-51-0

Umschlaggestaltung, Layout und Produktionsmanagement:
pro MESSAGE oHG, 67059 Ludwigshafen am Rhein

Gedruckt auf alterungsbeständigem Papier.
Erste Auflage.

Printed in Germany

Gerne informieren wir Sie über unser Verlagsprogramm.
Bitte fordern Sie unseren Prospekt an:

pro MESSAGE oHG

Bruchwiesenstraße 1	67059 Ludwigshafen/Rh.
Tel. 06 21 - 66 90 09-30	Fax 06 21 - 66 90 09-39
mail@pro-message.de	www.pro-message.de